LUIZ RUFFATO

TEILANSICHT DER NACHT

LUIZ RUFFATO wurde 1961 in Cataguases im brasilianischen Bundesstaat Minais Gerais geboren und wuchs in einer armen Migrantenfamilie auf. Er arbeitete u.a. als Verkäufer und Dreher und studierte Journalismus. Im Jahr 1998 veröffentlichte er einen ersten Band mit Kurzgeschichten. Drei Jahre später folgte der Roman »Es waren viele Pferde« (*Eles eram muitos cavalos*), der heute bereits als Klassiker der modernen brasilianischen Literatur gilt. Zwischen 2005 und 2011 schrieb Luiz Ruffato den fünfbändigen Zyklus »Vorläufige Hölle« (*Inferno próvisorio*), der auf Deutsch bei Assoziation A (Bd. 1: »Mama, es geht mir gut«; Bd. 2: »Feindliche Welt«) erscheint. Seine Migrantengeschichte »Ich war in Lissabon und dachte an dich« erschien 2015 auf Deutsch.

Luiz Ruffato war Eröffnungsredner der Frankfurter Buchmesse 2013 und erhielt gemeinsam mit seinem Übersetzer Michael Kegler 2016 den Internationalen Hermann-Hesse-Preis.

TEILANSICHT DER NACHT

LUIZ RUFFATO

VORLÄUFIGE HÖLLE BAND 3

Aus dem Portugiesischen von Michael Kegler

ASSOZIATION A

Titel der Originalausgabe:
Vista parcial da noite (Editora Record)

Die Übersetzung aus dem Portugiesischen wurde mit Mitteln des **Auswärtigen Amtes** unterstützt durch **litprom** – Gesellschaft zur Förderung der Literatur aus Afrika, Asien und Lateinamerika.

Die Arbeit des Übersetzers wurde gefördert vom Deutschen Übersetzerfonds.

Assoziation A, Gneisenaustraße 2a, 10961 Berlin
www.assoziation-a.de, hamburg@assoziation-a.de, berlin@assoziation-a.de
Foto Einband: iStock Photo / Global Pics
Gestaltung: Andreas Homann
Druck: CPI
ISBN 978-3-86241-434-5

Für Geni und Sebastião, meine Eltern
Für Helena und Filipe, meine Kinder

Da sagte Daniel: Gott, du hast also an mich gedacht;
du lässt die nicht im Stich, die dich lieben.
DANIEL 14,38

Über dem salzigen Bett bin ich Licht und Gips:
doppelter Spiegel – das Dürftige im Bedürftigen.
Erblüht eine Seite von mir? Auf der anderen dagegen,
von Stille zu Stille, vermodere ich.
FERREIRA GULLAR

FEINDE IM GARTEN

Ähm?!, flattern Tauben auf, tauchen wild Flügel in die feuchte Dezemberschwüle, Was war das? *Was war?* Ähm!?, Scharren und Gurren, sie sind immer noch da. Was hat sie aufgeschreckt? Der Schaukelstuhl reglos nun. Routiniert tastet die rechte Hand blind nach der Flinte, die an der Wand schlummert. Augen und Ohren durchstöbern den schwebenden Nachmittag, an der Leine trocknet ein weißes Tuch. In der Brust lauernd die Mine, entschlossen, die Welt in ein Blutbad zu verwandeln. Simão? Langsam erhebt sich ein gelber Flanellschlafanzug, Turnschuhe aus rotem Stoff schlurfen Gedanken über den Hof. Die Geräusche, woher? Kommen sie das Haus überfallen? Stiefelabdrücke im grün schimmernden, feinen Moder, der sich am Fuße der Mauer im Schatten des Eisenbaums breitmacht. Sie sind da, war er sich sicher. Sie sind hier. Er musste sie überrumpeln. Die Reifen des Lastwagens kauen sich durch den Schnee. Aufgerissene Augen versuchen, ins Dunkel zu leuchten. Der Motor faucht voller Verzweiflung. Es geht los. Bald wird es losgehen. Simão? Vier Uhr. Fünfzehn Grad unter null. Im aufgehenden Morgen Granaten, Mörser, Bomben, Tote, Tote, Tote. »**... steht für den umfassenden Frieden, den die Welt heute ...**« Der Maschinengewehrlauf dringt in das so gut wie zertrümmerte Haus, *Ich kann nicht mehr, Leutnant, ich halte das nicht mehr aus!*, wirft sich auf den Boden, Knochen, Gedanken geklammert an Holztrümmer (keine Dachsparren mehr, keine Balken, keine Möbel), Fragmente von Lehm (keine Backsteine mehr, keine Ziegel, Gefäße), Porzellanscherben (keine Teller mehr, keine Tassen, keine Kannen), Staub legt sich als Kruste über die Uniform, reizt die Augen. Er schleicht ums Haus, drückt sich die gelbliche Wand entlang, die vom Schimmel schon schwarz ist, der Gewehrlauf wittert den Feind, er stößt auf den Waschtrog aus Beton, erkennt sie: im Garten, zwischen den Bäumen. Sie. Krieg! Nísia, es ist Krieg! Krieg? Ja, in der Stadt reden alle darüber ... Was hat der Vater gesagt, Mutter? Ja ... Es ist Krieg ... Krieg? Ja, aber weiiiiit weg ... In Europa ... Brauchst dir keine Sorgen zu machen, mein Kind, mach dir keine Sorgen ... Der Krieg! Kriecht bäuchlings über sterbende Beete im verdorrten Garten, legt sich im dichten Laub auf die Lauer, sein Schützengraben. Im Staub ausgestreckt, das Maschinengewehr an die Brust gedrückt, und sieht dem Treiben der Wolken zu, dem Kreisen der Geier – er lauert. Eine Ruine. Ja!: eine Ruine. Trümmer, nur Trümmer. Simão? Nerven blank, die Muskeln aufgerieben, die Zähne zusammengebissen, Tüll über den Augen, das Gehör auseinandergefletscht, Schmerz, Schmerz in den Beinen, den Armen, den Schultern, im Rücken, den Fußsohlen, Schmerzen. Das Herz eng verschnürt, zusammengeknüllt. Und die alles verseuchende Müdigkeit, der vergiftete Apfel im Hals, schlafen, schlafen, schlafen für immer und immer, sich ertränken im Wasser der großen Nacht, ganz: ist das ein Mensch? »**So viel Land ich auch durchwandere, verhüte Gott, dass ich** ...« *Mutter?! Mutter ... ich habe ... Angst habe ich, Mutter ... Kommen sie, mich zu holen? Ach wie gern wäre ich jetzt bei euch! So gern!* Durch die Wand, auf der anderen Seite, sie stirbt. Der Husten hat ihr Gebiss ausgespuckt. Die Krankheit saugt ihr das Fleisch aus. Was übrig geblieben ist: Haare, kraus, rötlich über das Kopfkissen gebreitet. Sie hustet, hustet, hustet, erbricht sich ins Nachtgeschirr. Zieht sich die Decke über den Kopf, doch Verzweiflung dringt durch die Karos der Bettdecke. Simão? Vor ihm defiliert stolz der Feind, drei blonde Deutsche, pickelige Gesichter, er konnte ihr Schnaufen spüren, sie taten ihm leid, noch so jung, aber, wir stehen im Wind; tastet am Gürtel nach einer Granate. Die Füße, das Leder ungewohnt, lösen sich in Blasen auf, wie Pilze. Sie wollten, dass er dabei blieb, und er blieb dabei: War im Winter vor Anker gegangen. Leutnant, das hier ist die Hölle. Die Hölle ist das. An Verbitterung, sagten sie, ist der Vater gestorben, vor noch nicht einmal einem Jahr, so lang ... Turco, he, Türke, komm her, komm spielen mit der. Rot im Gesicht hatte man ihn eilig auf die Gesundheitsstation geschafft, rot. Röchelte, wollte wohl noch etwas sagen, doch die Zeit war schon um. Er hat es nicht überlebt, dass der Sohn in der Ferne war, sagten die Leute. *»Papa und Mama, hiermit will ich Euch Nachricht vom Krieg geben, der seltsam und traurig ist. Gott sei Dank bin ich gut angekommen, auch wenn die Reise sehr lang war. Vier Tage bin ich nun schon hier und vermisse euch. Betet für mich, Euren Jungen. Simão.«* Ein bisschen war das schon das Grab für die Mutter. Grob, das Glied schlaff, das Gesicht verkrampft, stieß er die Italienerin. Ich kann nicht, ich kann nicht. Trank in großen Schlucken Wein aus dem Flaschenhals. Das alte Haus völlig verdreckt, streifte durch die festlichen Straßen von Parma. Simão? Simão, Junge, bist du da? Simão? Manchmal Stille. Still spulte sich dumm in der Ecke der Tag ab, fremd, finster. Trübsinnig. Manchmal aber Krämpfe: Worte sprudelten aus ihm heraus, sehnsüchtig, hysterisch, haltlos. **(Der zitternde Finger des Feldwebels Cardoso zeigte ins Dunkel. Er flüsterte etwas und rannte. Nur wenige Meter weit trugen ihn seine Füße. Dann stürzte er, halb verschlungen vom Schnee, zerrissen von einer Maschinengewehrsalve, die von oben vom Hügel aus einem Betonbunker knatterte. So ist das im Krieg, Tod: eine plötzliche Stille. Die Schreie, das Knallen, die Explosionen sind auf einmal weg, und man treibt in einem nicht endenden Meer. Und es sind so viele, die Toten, dass man sich nach jedem Bombenangriff über den Körper streicht, um sich zu vergewissern, dass da nicht doch irgendwo ein Loch ist, durch das einem heimlich das Leben entweicht.)** Wird die Nacht nicht überleben. Keine Kraft mehr, keine Luft, die Lunge schwächelt, ergibt sich. Wird die Nacht nicht mehr überleben. Simão? Durch das labyrinthische Dickicht der Mangobäume verschwinden die Deutschen. *Leutnant, des Bein des Soldaten Lemos! Leutnant, das Bein des Soldaten Lemos! Leutnant, das Bein.* Baumelnd, an einem dünnen vergoldeten Kettchen, er fragte sich, wen wohl das Bild auf dem Medaillon zeigte, Weißt du, was das für eine Heilige ist? Hab ich in Italien gefunden, hab nie gewusst, wer das ist. Hab es nie gewusst. *Seht ihr? Unser Ziel ist.* Wird die Nacht nicht mehr überleben? Der Krieg, Mutter ... Keine Sorge, das ist weiiiit weg, in Europa. Still unter dem Haus Spinnweben und staubige Flaschen. Haargenau über dem Kopf Schritte von schweren Stiefeln. Lauern durch die Spalten der Dielen. Kommen sie mich holen, Mutter? Der Krieg ist vorbei, Simão. Der Krieg ist schon lange vorbei ... Senhor Simão, haben Sie Ihre Tropfen genommen? Und die Herzmedikamente? Und die Medizin für den Kreislauf? Und? Na!? Mein Gott, da kommen sie! Wo ist die Granate? Drei sind es, direkt im Fadenkreuz. *Lass uns die Fackel anzünden, he, Turco?* »... **zum Stolz unseres Vaterlandes getragen von Edelmut, der ...«** Deutsche Händchen straffen die Hemdchen zu Taschen, beladen mit Stählerne Räder kreischen über die Schienen, Waggons voller Eisenerz quer durch die Stadt, wie eine Schlange auf dem Weg: sich entledigend. Pfeifen. Das Herz rast. Simão? Die Flinte schwächelt, er spitzt die Ohren, Es geht los, Es geht los. Die Sirenen! Die Flugzeuge! Die Bomben! Näher: Waggons, Pfeifen. Der gelbe Flanellschlafanzug schreckt hoch, Pisse rinnt das Bein hinab. Uuuuuuuuuuh! Arme beeilen sich schizophren unter die Bäume zu flüchten. Uuuuuuuuuuh! Die Sirenen! Die Flugzeuge! Bomben! Der Kopf zerspringt zu Scherben. Zimtmilch, Simão? Drei schmutzige Unterhosen, dürre Beine, die Rippen deutlich zu sehen, erklimmen die Mauer, voll Angst, eine Spur Mangos mit schwarzen Punkten, so reif schon.

DIE EHRUNG

Weiß langgestreckt lauerte die Angorakatze von der Lehne des zweisitzigen Sofas mit der Flickendecke auf die zwei Enden des Maßbands, die im Takt ihrer Füße, die das Nähmaschinenpedal antrieben, um den Nacken von Dona Fátima baumelten. Wäre nicht die Trägheit des Nachmittags und nicht die davor schon schlaflos durchwachte Nacht, hätte sie mit einem Satz nach dem aufregenden Band geschnappt, aber bleierne Lider und die drückende Februarhitze ließen jeden Versuch schon im Keim ersticken. In diesem Zwiespalt gefangen schreckte sie auf, als Teresinha, die sie noch nie gemocht hatte, hereingestürmt kam, **Mutter!, Mutter!**, und sie zur hastigen Flucht durch das Fenster nötigte.

»Mutter!, Mutter!«

Teresinha hatte so ihre Ideen, verhätschelt von Dona Fátima, und zum Verdruss des altmodischen Zé Bundinha. Erst vor ein paar Monaten hatte sie von einem Debütantinnenball geträumt: Clube Social, weißes, kurzes, strassbesetzt funkelndes Kleid aus Satin, Perlchen, Prinzessinnendekolleté, Handschuhe, Diadem, Absätze, Täschchen, Herzklopfen, bis endlich der Walzer ..., ein blassrosa Schneetreiben aus Rosenblüten, Sektbrunnen, ein Foto im ***O Cataguases, Genau so ein Fest, unbedingt*** ... Also hatte sich die Mutter nächtelang drangemacht, Flickwäsche angenommen, ausnahmsweise, weil Stopfen und Ausbessern sonst nicht ihres waren, war abgemagert, die Gabel noch in der einen Hand, mit der anderen schon wieder am Nähen, eine Hand am Teller, die andere noch an der Naht, Ringe um die Augen erzählten von ihrer Müdigkeit, fahrige Finger und schließlich Scheinchen und Münzen zusammengekratzt für die große Überraschung; die Gasse war ganz aus dem Häuschen. Den gesamten Nachmittag ihres Geburtstags war Teresinha Kleopatra bei Dona Olga: ließ sich von Toninha die Nagelhaut machen, die Finger- und Fußnägel schneiden, feilen und rubinrot lackieren, von Márcia die Haare mit Yamasterol waschen und föhnen und Henna einmassieren zum Glätten, dann einen Turban drumwickeln und die Brauen zupfen, sie drückten gemeinsam die Pickel aus, trockneten unreine Stellen mit Minâncora, rieben Puder auf die Schokoladenhaut, um sie heller zu machen, dann Reismehl und Rouge, zauberten die Lippen karminrot und Blau um die Augen, Lidstrich, Wimperntusche, und ganz zum Schluss schlüpfte Prinzessin in ihr Petticoatkleid und kletterte in ihre hochhackigen Schuhe; aus dem Batterieradio *Maria Teresa* **Psst, Leute, seid leise!**, *zu ihrem* **Psst, Leute, leise!**, *das Lied: »Zum fünfzehnten Geburtstag« von Leno, Uuuuuuu!* **Wer hat sich das wohl für dich gewünscht, Teresinha? Naaa? Wer?**

Im Waschhäuschen trällerte Márcia Roberto Carlos *Zeit weiterzuzieh'n / Ich sage adieu, aber will, dass du weißt / Wohin auch immer mein Weg mich führt / Ich vergesse dich nie.* Toninha spülte ihre Mähne am Waschzuber aus. Dona Olga war unruhig herausgeputzt, in Sandalen vom Garten zur Wohnungstür, wieder zurück in den Garten, fast schon abgelatscht, **Mädchen, da draußen, da wimmelt es nur so von Leuten!** Stolz defiliert auf der Mauer eine schwarze Katze. Die Aufregung steigt. Einer schaltet Musik ein, Zé Pintos Musikschrank wahrscheinlich, ausgeliehen, Wanderley, *Wanderley Cardoso?* **Toninha, Wanderley Cardoso!** *Herrje* ... Ein Koffer mit Zeitungsausschnitten im Schrank ... **Wem gehört wohl die Schallplatte, Toninha?** Kinder toben die Treppen der Gasse rauf und runter, ungerührt vom Schimpfen der nervösen Mütter. Die Männer stehen in kleinen Gruppen zusammen und schwadronieren. Unbemerkt wie die Nacht macht sich Aufregung breit.

Gehen wir?

Zwei Schritte, schon grüßen Bemerkungen, Seufzer, **Mein Gott, ein junges Fräulein! Wie hübsch, Gut sieht sie aus! Gottes Segen! Gott schütze sie! Sie hat bestimmt schon einen Freund ... Was für ein Kleid!** Nur mühsam drückte sie sich durch verschwitzte Rotznasen in kurzen Hosen, demonstrativ gleichgültig schauende Mädchen, geschoben vom aufgesetzt lächelnden Fotografen. Auf dem Tisch in der Mitte auf einem

Tortenständer mit Alufolie und Krepp und mit Dutzenden Kokoskugeln in Weiß, Blau und Rosa verziert, Kuchen, zwei Stockwerke, Pflaumenmusfüllung, zementiert mit Zitronengeschmack-Zuckerguss, kunstvollen Fransen und silberig glänzenden Kügelchen, *Herzlichen Glückwunsch*, zwei Kerzen darüber in Form einer eins, einer fünf, überall Luftballons wie an Lianen durchs Zimmer gehängt, **In die Mitte!, Die Mitte**, sie stellte sich zwischen die Mutter, den eifersüchtigen Bruder, Wo ist Papa? **Der … Achtung, Vögelchen! Gut! Noch eins! »Zum Geburtstag viel Glück / zum Geburtstag viel Glück / Zum Geburtstag, Teresinha / Zum Geburtstag viel Glück!«**

Und schon löste sich der Kuchen auf in Serviettenresten, Kokoskugeln verschwanden in Taschen und Beuteln, Luftballons zwischen tapsigen Fingern. Siruplimonade türmte sich über Plastikbecher und sickerte rotfleckig in die Tischdecke. Zito Pereira kam mit seinen verstaubten Schallplatten an, Nélson Gonçalves, Miltinho, Orlando Silva, Francisco Carlos, Anísio Silva, bitte nur die A-Seite, **das ist Puffmusik, Zito, bitte!**, und dann wieder Wanderley aus den Lautsprechern. Zum Abschluss servierte Dona Fátima Feigenblattlikör, wohl gehütet seit Monaten in einer Flasche aus Rautenglas, von dem sich Hélia drei Mal derart großzügig nahm, dass sie sich kaltschweißig taumelnd erbrechen musste und von Dona Zulmira ausgeschimpft wurde, **Dass du dich nicht schämst, Gotteswillen!, wie peinlich!** Als fast niemand mehr da war, kam endlich auch Zé Bundinha und trieb alle mit derben Worten auseinander, **Raus, alle!**, wollte sich mit Teresinha anlegen, **Hör auf, Papa, du bist doch besoffen! Mädchen, pass auf, wie du mit mir sprichst! Doch Papa, besoffen, besoffen! Das hier ist immer noch mein Haus! Und hier habe ich zu bestimmen! Alle raus! Alle raus! Ist ja gut, Senhor Zé, alles gut, wir wollten sowieso gerade gehen … Haltet euch da raus! In diesem scheiß Haus habe ich zu bestimmen! Raus alle Mann!** Dona Fátima war leidend auf ihr Bett gefallen, hatte nur noch dem Brüllen des Mannes gelauscht, **Ich schlag dich windelweich, Mädchen!** und der ebenfalls brüllenden Antwort der Tochter, **Du Scheißkerl! Verdammter!** Der Junge, Caburé, hatte sich schnell verzogen und Teresinha verschanzte sich schließlich bei Dona Olga.

Das Tack-tack-tack der Nähmaschine verstummte, **Mutter!, Mutter!**

»Was ist, Mädchen? Was hast du denn jetzt wieder?«

»Mutter, du warst doch ... du warst doch mal Karnevalskönigin, oder? Das warst du doch?«

»Karnevalskönigin?! Was ist denn das für ein Quatsch wieder, Teresinha?«

Sie setzte ihre Brille zurück auf die Nase, tat gleichgültig.

»Mutter, es gibt doch dieses Foto ...«

Die Schere nagt sich durch die überstehenden Ränder der Heftnaht.

»Es stimmt doch, Mutter. Oben auf dem Glasschrank ... Ich weiß doch ...«

) Die Nächte. Sie hatte Angst davor. Kaum war die Sonne untergegangen, da kamen, so schien es, Dämonen. In der Dunkelheit lauerte Fieber und darin der Schmerz; Einsamkeit lugte durch die Ziegel, aus denen sich Angst löste; die Stunden verrannen im Wecker, die hackende Stille. José Feliciano Martins, wegen eines Gehfehlers Zé Bundinha genannt,

ein bescheuerter, ewiger Spitzname,

riss polternd die Türe zur Wohnstube auf, weckte sie, Zittern durchzuckte den Jungen, **Zé?**, nebenan in der Stube das Mädchen alleine es blitzt, **Zé?**, sie schreckt hoch, **Zé,** es donnert, sieht ihn am Boden liegen, **Was ist passiert, Zé?**, gebrabbelte Worte, *Betrunken, herrje, wo soll das enden?*, versuchte ihn aufzurichten, es blitzt, **Lass mich los! Scheiße, he!**, stieß sie zurück, wirre Haare, es donnert, eine Fratze, die Hose am rechten Knie aufgeschlagen, sie zerrt ihn, plötzlich weht feuchte Luft durch die Wohnung, es blitzt, riss ihm das nach Nuttenparfüm stinkende Hemd runter, es donnert, schob ihn ins Bett, es blitzt, nahm Teresinha hoch, Schnuller im Mund, Kissen unterm Arm, es donnert, und wie ein Wasserfall scheucht der Regen die Nacht vor sich her. Stille:

das Baby ruhig

das Mädchen leise

der Mann schnarcht sauer vom Schnaps

durch die Fensterläden schaut Fatima hinaus in die Dunkelheit (

»... dem Glasschrank ... ich weiß doch ...«

»Warum willst du das gerade jetzt wissen?«

»War es so oder nicht?«

»Ja ... lange her ... da gab es dich noch gar nicht ...«

»Ich wusste es!«

Teresinha triumphierend. Gerade hatte sie es im Radio gehört. Márcio Toledo, der immer so spricht: »Ob du zu Hause bist, auf der Arbeit oder unterwegs auf der Straße, komm mit mir (Pause) lass uns die kommende Stunde (Pause) gemeinsam verbringen!«, denk nur, der organisiert was für die Karnevalsköniginnnen im Ruderklub, man braucht nur hingehen, den Namen sagen und sich die Einladung geben lassen, für zwei Personen; da war ihr eingefallen, die Mutter, nur nicht ganz sicher, aber jetzt

»Was meinst du?«

Dona Fátima scharrte mit den Füßen in bunten Stoffresten
am Boden überall

Luftschlangen
schlängelten sich vom Himmel herunter um ihre Arme im Rhythmus der Pauken Agogôs Tambourins Trommeln und Repiniques und Cuícas und Recorecos, Konfetti im Gesicht, in den Haaren, und auf der Schärpe **Karnevalskönigin – Cataguases 1956**, stolz vom Musikpavillon auf der Praça Rui Barbosa herab insgeheim dem schwarzen, üppigen Schnurrbart gewidmet in gestreiftem Hemd, Leinhose, Panamahut, weiße Schuhen, Flacon
: José Feliciano Martins
: Maria de Fátima Ribeiro

Galant. Vielleicht etwas forsch, meinten die Arbeitskolleginnen, »grob«, aber galant. »Industriearbeiter«, wie er betonte, Gebrüder Prata, auf dem Gepäckträger seines Peugeot-Fahrrads, penibel von Zierat befreit, aber stets blank gewienert und sorgsam geölt, hatte er sie spazierengefahren, die Straße rauf, wieder runter, stolz und gewissenhaft. Auf sie gewartet vor dem Werkstor von Saco-Têxtil, aufgeregt und, kaum sah er sie, mit wildem Klingeln heftig gewunken, »Fatinha!, Fatinha!«. Am Wochenende betrübt, weil sie nach Sereno auf Familienbesuch musste, hatte er sich über die einsamen Samstagabende auf staubiger Tanzfläche bis in den Morgen bei Schnaps und gebratenem Fisch getröstet, bis um halb vier schließlich die erste Mannschaft von Flamenguinho als ausgelutschte Orange im gegnerischen Fadenkreuz auf das Spielfeld lief, die Abende dann in die Polster im Eingang der Pension Santa Cristina gelümmelt verbracht, Zukunft und Qualmwölkchen Marke Mistura-Fina buchstabierend: sechs Monate, dann Hochzeit, drei Zimmer gemietet, ruck zuck, und sie sollte nicht mehr als Weberin arbeiten, »Meine Frau soll nicht arbeiten müssen ...«, und Kinder, »So vier oder fünf ...«

»Das ist Quatsch, Tochter ... Dein Vater ...«

»Mutter, da ist nichts dabei ... Eine Ehrung ...«

»Aber dein Vater ...«

»Was ist mit ihm, Mutter?«

»Er ... ich glaube ...«

rausgeputzt, er, im braunen Polyesteranzug, blaue Krawatte, schaukelten sie in der Bahn bis Sereno, voll banger Erwartung, Ruß, Pfeifen, die Landschaft als eintöniger Pinselstrich, grün, blau. Vor dem Bahnhof der Pferdekarren, Vitório, Zé, mein großer Bruder, Angenehm, dann im Trab durch die Felder, Aprilsonne, Flussufer, Stille, holperndes Schnalzen, Wortfetzen, Mutter? Gut, Vater?, Auch gut, Und die Landwirtschaft? Geht, Und die Kleinen? Wie immer. Beim Absteigen umringten sie neugierig Hunde und Kinder, Das hier ist dieser, Das jener, Der Schwarze, der wohnt nur bei uns, Lobo! Hau ab!, Mauri, leg Chuvisco die Leine an!, Schuhe versinken im Staub hinterm Haus, hinter Fenstern huschen Köpfe weg, leichter Wind kräuselt den Bambushain, das Gestrüpp, Sittiche flattern auf.

Der Vater stand auf, in den Stiefeln die Füße pochend, in Sonntagskleidung gezwängt, streckte misstrauisch die schwielige Schraubstockhand aus, Fühlen Sie sich wie zu Hause, und saugte an der Maisstrohzigarette. Die Mutter, den Blick auf den Boden aus gestampftem Lehm gerichtet, wischte sich die rissigen Handflächen an der trockenfleischfarbenen Schürze ab, streckte sie ihnen entgegen, verkroch sich »nach drinnen«, Fátima hinter ihr.

Zé fischte aus seiner Gesäßtasche ein weißes Taschentuch, wischte sich Schweiß von der Stirn, räusperte sich, und der Köter unter dem Hocker des Vaters von Fátima schaute auf, spitzte die Ohren.

»Senhor Argemiro ...«

»Mirão bitte,«

»Bitte?«

»Mirão. So nennen die Leute mich ...«

»Senhor Mirão ... Sie wissen, was mich heute zu Ihnen geführt hat ...«

»José, bitte verzeihen Sie ...«

»Zé ... bitte nennen Sie mich Zé ... Zé Feliciano ...«

»Gut, also verzeihen Sie mir die persönliche Frage, aber beim Gehen sieht man, dass Sie ein Bein nachziehen ...«

»Ein Huf ...«

»Ein Huf?«

»Als ich Kind war, hat mich der Huf eines Esels erwischt ...«

»Woher kommen Sie, wenn ich fragen darf?«

»Divino, schon mal gehört?«

»Ist mir bisher nicht zu Ohren gekommen ...«

»Ein kleines Dorf bei Ubá ...«

»Ah!«

Nach einer halben Stunde kam Fátima, um zu sagen, dass es Essen gibt, da pulte ihr Vater gerade mit der Messerspitze an seinem Fußnagel und Zé hatte Jacke und Schlips abgelegt und nahm sich vom Schnupftabak.

»Fatinha, mein Kind, biete dem Jungen doch etwas zu trinken an für vor dem Essen ... sag deinem Bruder, er soll zum Speicher gehen ...«

»Vater, das Mittagessen ... Mutter hat schon ...«

»Keine Sorge, Fatinha, Zé Feliciano und ich unterhalten uns prächtig, nicht wahr?«

Und den Rest des Besuchs ließen sie es sich gut gehen, wie alte Freunde an der Destille.

Beim Abschied, gegen den Holzherd gelehnt, der Kessel mit Kaffee und Rohrzucker köchelte, fragte sie, »Mutter, was meinst du?«, und als sie Tränen in ihren Augen erkannte, »Was ist denn? Du ...« »ist nur Rauch, Kind, ich hab deinem Vater schon so oft gesagt, er soll den Schornstein in Ordnung bringen ... was soll man machen ...«

Sie versprach, mit ihm zu reden, »aber ich weiß nicht ...«

Ich, Maria de Fátima Ribeiro, nehme José Feliciano Martins zu meinem rechtmäßigen Ehemann und gelobe, ihn treu zu lieben und zu achten, in guten wie in schlechten Zeiten, in Gesundheit und Krankheit, bis dass der Tod

Am Pfosten der Küchentür hängt der Riemen mit Holzgriff, für die Kinder gedacht, zur Erziehung.

Ein Mädchen, weissagte Sá-Ana mit tastendem Blick auf den runden Bauch. Und es kamen Sodbrennen, Übelkeit, Müdigkeit und dicke Beine, Rückenschmerzen, Kopfschmerzen, Schlaflosigkeit, Angst, *Lieber Gott, lass alles gutgehen.* **Ist immer so beim ersten Kind, später gewöhnt man sich.** »Zé!«, sie versuchte, ihn wachzubekommen, »Zé!«, nichts zu machen, er war besoffen nach Hause gekommen, drehte sich wieder zur Seite, zog sich brummend die Decke über den Kopf. Vom Fenster aus flüsterte sie »Frau Zulmira«, »Frau Zulmira!« Die Nachbarin fragte aufgeschreckt durch den Spalt, »Wer ist da?« »Ich, Frau Zulmira ... Ich glaube ...« Zögerlich wagen sich Schemen hinaus in die Kälte der Nacht, das Klatschen der Gummilatschen an den Fersen schreckt die Stille auf, weckt streunende Hunde, lässt nächtliche Katzen verharren, macht Baumkronen voller Spatzen wach, schleicht sich unter die Kruste der Träume, bringt manches aus den Zimmern herausdringende Scharchen zum Stocken. Vor der Tür der Gesundheitsstation platzte die Fruchtblase, und der Morgen erwachte vom Schrei von drei Kilo, einhundert Gramm, 1. Oktober, *Maria Teresa soll sie heißen*, **Nichts soll dich beunruhigen / nichts ängstige dich / Alles geht vorüber / Gott allein bleibt. / Die Geduld erreicht alles / Wer Gott hat / dem fehlt nichts / Gott alleine genügt.**

Ein Junge, weissagte Sá-Ana mit tastendem Blick auf den spitzen Bauch. Und es kamen Sodbrennen, Übelkeit, Müdigkeit und dicke Beine, Rückenschmerzen, Kopfschmerzen, Schlaflosigkeit, Angst, *Lieber Gott, lass alles gutgehen.* **Ein Junge macht mehr Scherereien** ... Seit Mittag schon Wehen, »Ist es so weit?« »Dauert noch ... der Termin ...« Die ständigen Schmerzen trieben sie am Nachmittag jenes Samstags zur Gesundheitsstation, »Wo steckt Zé?«

»Kartenspielen im Laden von Zé Pinto ist er nicht.«

»Billardspielen in der Elite Bar ist er nicht.«

»Fußballspielen auf dem Bolzplatz ist er nicht.«

»Tischfußballspielen in der Einkaufsstraße ist er nicht.«

»Auf dem Acker dummes Zeug quatschen ist er nicht.«

»Er ist auf der Insel!«, rutschte es Zunga beim Abendbrot mit Bibica heraus, die Gabel noch in der Luft, den emaillierten Blechteller auf der Hand balancierend.

»Jesses Maria! Die Frau hat schon Wehen und er treibt sich rum!« Zunga pult Bohnenreste aus seinen Zähnen heraus, »Sturzbesoffen und gibt Gott und der Welt einen aus.«

»Herrje!«

Kurz vor Mitternacht hatte das Elend ein Ende.

4. April

Sankt Isidor von Sevilla, Bekenner und Kirchenlehrer – Gnädig und wohltätig, war einer der gelehrtesten Männer seiner Zeit und hinterließ einzigartige Schriften von großer Bedeutung.

»Isidoro«, sagte sie zu Bundinha, »Isidoro ...«

»Was für ein merkwürdiger ...«

»Zé, wo warst du, dass dich niemand gefunden hat?«

Caburé. Selbst sein Vater nannte ihn so, wenn er ihm, was selten vorkam, mit der Hand über den Kopf strich: Caburé – Wildfang ... Meist allerdings: Isidoro! mit drohendem Unterton. Streitsüchtig spuckte er andere Kinder an, die vorm Fenster mit Murmeln spielten. Legte sich renitent mit der Lehrerin an vor versammelter Klasse. Prügelte sich kampfeslustig auf dem Bolzplatz. Zeigte blöd seinen Pimmel den Mädchen der Gasse. Isidoro! Isidoro! Isidoro! Und verkroch sich eingeschüchtert unters Bett, blaue Flecke am Rücken, im Gesicht und auf Armen und Beinen. »Zé, das geht nicht ... du schlägst ihn noch kaputt ...« »Ja, und was kann ich dafür? Deine Schuld!, erzieh' das Stück Scheiße halt! Lieber grün und blau, als dass er auf die schiefe Bahn gerät!«

Gegen das Mädchen erhob er die Hand nie. Sie war gewiss keine Heilige – auch wenn sie gern Engelchen spielte. Schon winzigklein zwischen den Beinen der Kundinnen krabbelnd lernte sie goldig zu gucken, wuchs verhätschelt heran, Schoß um Schoß. War in der Schule nie besser als nötig und wischte die Tafel, bevor jemand meckerte, machte dafür nur schlampig Hausaufgaben, schleppte das Klassenbuch, durfte dafür ins Schönschreibheft krakeln, konnte das Einmaleins nicht, aber schwätzte auch selten. Der Mutter ging sie zur Hand: schrubbte Töpfe mit Sand aus, fegte Spinnweben und Wollmäuse von den Dachsparren und in allen Ecken, feudelte Staub von den Möbeln, kehrte und wischte den Boden feucht auf, machte Ordnung, tat, was man ihr sagte, und kümmerte sich auch um den Kleinen. Als ihr Brüste sprossen, wünschte sie sich einen Minirock, was der Vater verbieten wollte, die Mutter nicht, **Unsinn!, Das tragen die Mädchen heute, das ist modern, Denk nicht mal dran, es zu verbieten!**, er kam erst spät wieder nach Hause – war voll. Wollte ein Radio, um die Hitparade zu hören, er wollte es verbieten, die Mutter nicht, **Unsinn!, In dem Alter ist das so, Kann man ihr gar nicht verbieten!**, er kam erst spät wieder nach Hause – war voll. Wollte Samstag und Sonntag allein mit den Freundinnen um die Ecken ziehen, der Vater verbot es, die Mutter nicht, **Lächerlich! Kann man ihr gar nicht verbieten!**, und er kam erst spät wieder nach Hause – war voll. Zu Karneval kletterte Teresinha zum Fenster raus, traf sich heimlich mit Jungs, schminkte sich mit den Mädchen von Dona Olga, **Nuttig**, brummte der Vater, die Mutter erwiderte **Denk nicht mal dran**, und er kam erst spät wieder nach Hause zurück – voll.

Und war es nicht immer schon so?

) in guten wie in schlechten Zeiten bis dass der Tod

»Meine Frau soll nicht arbeiten müssen!«

Bei Saco-Têxtil gekündigt wegen der Sprüche.

»Glaubst, ich sehe nicht, wie der Schichtführer den Arbeiterinnen an den Hintern fasst!«

»Ganz so ist es auch nicht, Zé ...«

»So? Ein kleiner Webfehler, die warten nur drauf ...«

»Angst haben die Mädchen, entlassen zu werden ...«

»Eine Schande ist das!«

Sie bezogen vier Kammern in der Gasse von Zé Pinto.

An Aussteuer hatte Fátima
Bettwäsche und
einen Topf für die Bohnen, aus Aluminium,
zwei gusseiserne Töpfe mit Stiel,
eine Pfanne, von der Mutter geerbt,
ein Schaumlöffel, eine Schöpfkelle,
drei Porzellanteller, drei Gabeln,
ein Küchenmesser, eine Schüssel,
zwei kleine Emailletassen.

Zé Feliciano schaffte auf Raten
ein Ehebett an, einen Schrank, ein zweisitziges Sofa, und hängte das Wappen von Vasco an die Wohnzimmerwand, Landesmeisterschaft Rio de Janeiro 1952, **Barbosa, Augusto, Haroldo; Eli, Danilo, Jorge; Sabará, Ipojucan, Ademir, Maneca und Chico.**

Das Kinderbettchen bekamen sie stolz von Mirão: »Acht hat es schon ausgehalten, sieben von uns und ein angenommenes ...«

Regen schreckte den ersten Karneval ihrer Ehe auf. Es schüttete ununterbrochen, strömte, staute sich, die Mäander des Seitenarms des Rio Pomba waren kaum noch zu erkennen. Das Trommeln begleitete sie schon vor dem Aufwachen, nach einer Nacht unter ständigem Anzünden von Streichhölzern für den Blick auf die Armbanduhr, Angst zu verschlafen, halb vier, viertel nach vier, zwanzig vor fünf, fünf vor fünf, schraubte sie die Birne in die Fassung an der Decke, setzte Kaffee auf, röstete altes Brot, **Zé!, Zé!,** in Plastik gehüllt ging er aus dem Haus. Zu Mittag ein Schnaps an der Ecke, die Schuhe durchweicht, Reis mit Bohnen, Wurst, Kürbis heruntergeschlungen, dabei eine Mistura Fina geraucht, wieder die Treppen hinauf, ein Schluck Schnaps an der Ecke, die Stechuhr. Sie jagte den undichten Stellen im Dach hinterher, überall Schüsseln, am Boden, auf Möbeln, Kleidung zum Trocknen über notdürftige Wäscheleinen, es riecht nach Muff, schwermütig lehnt sie sich aus dem Fenster, ein Mädchen hastet vorbei, in Papier eingewickeltes Brot, ein Regenschirm, ein Junge patscht durch die Pfützen, Wasser spritzt auf, noch ein Regenschirm, durch die Zweige des Mangobaums legen sich fett graue Wolken über den Nachmittag. Zé reibt sich beim Abendbrot brummig die Hände, wärmt sie sich über dem Holzfeuer, **Wird Hochwasser geben, wie's aussieht ...** »Sá-Ana, diesen Monat sind keine Tage gekommen«, **Zé, glaubst du, ich bin schwanger?**

Umso ... besser ...

Hatte nächtelang schlaflos gegrübelt, wie er sie, schließlich war sie ja nun eine Frau, davon abhalten könnte, zu ihrem geliebten Karneval loszuziehen, ohne einen Ehestreit loszutreten, er konnte nicht vorsichtig genug sein, es hatte schon einmal geknallt, als er seine Not mit dem Schwiegervater besprochen hatte, der war aus allen Wolken gefallen, hatte ja keine Ahnung von dem, was die Tochter trieb, sie zur Rede gestellt, und die Hochzeit, die ja schon vereinbart war, wäre beinahe im Sumpf der Zerwürfnisse untergegangen, und alle hatten schnell versucht, nicht mehr darüber zu reden, die Wunde war offengeblieben, konnte sich jederzeit wieder zum Schlagabtausch ausweiten.

Aber nun war ja ein guter Grund da.

Der Bauch ... alles anders ...

»Fatinha, wenn du doch guter Hoffnung bist ...«

Ruhe ...

»Nein, darfst nicht schwer heben ...«

»Nein, darfst dich nicht anstrengen ...«

»Habe ich es nicht gesagt?«

Und wichen den Narren aus, die sich gedrängt wie die Ameisen durch Gassen, Durchgänge, Plätze, Straßen, Alleen schoben.

Das Kleid über dem vorspringenden Bauch spannte sich, der Bauchnabel wurde größer. Und dann kamen Sodbrennen, Übelkeit, Müdigkeit und dicke Beine, Rückenschmerzen, Kopfschmerzen, Schlaflosigkeit, Angst.

Teresinha als Säugling bemächtigte sich des zweiten Karnevals, Samstag zog Fátima sich zärtlich in ihr Nest zurück, »Schau nur, die Beinchen ... die Beinchen« und Zé, etwas unruhig, wollte nur mal kurz schauen, »Ganz kurz, ich bin gleich wieder da«, und kam erst Montag zurück, sturzbetrunken, in der Hand eine rosa Rassel, »Für's Kind ...«

Zum dritten Karneval ihrer Ehe war Teresinha krank, Durchfall ohne Ende, Windeln im Wind auf der Leine, der Arzt, der ihr die Hoffnung nahm, sie hoffte auf Judas Thaddäus, **komm mir zu Hilfe mit deiner mächtigen Fürsprache. Du hast ja von Gott das Vorrecht erhalten, jenen mit augenscheinlicher Hilfe beizustehen, welche fast an aller Hoffnung verzweifeln.** »Kein Glück habe ich mehr mit dem Datum!«

Sodbrennen, Übelkeit, Rückenschmerzen, Kopfschmerzen, Schlaflosigkeit, Müdigkeit, Angst legten sich über den vierten Karneval ihrer Ehe. Teresinha tapste durch den Raum, hangelte sich an den Möbeln entlang, Fátima schleppte sich, die Hände in die Hüften gestemmt, mit geschwollenen Beinen durch die noch herumliegenden Trümmer vom letzten Hochwasser. (

Nachts zwischen klammen Laken verkrochen war ihr, als hörte sie Grillen im Rhythmus der Trommeln der Frösche, pri! pam-pam-pam!, pri! pam-pam-pam!, pri! pam-pam-pam!, und merkte gar nicht, wie sich ihr Mann noch in Kleidern und allem im Morgengrauen zu ihr legte.

In der Früh stellte sie sich am Kopfende auf, rüttelte ihn, kniete sich auf die Matratze, schüttelte ihn noch einmal; er riss die Augen auf, **Ähm? Was ist los?, He? Was ist?**

Sie nahm ihre Brille ab und mit bebenden Nasenflügeln:

»Zé, ich gehe mit Teresinha zum Karneval im Ruderklub.«

»Spinnst du? Wie bitte? Das kommt nicht infrage!«

Und er setzte sich auf, außer sich.

»Zé, ich bitte dich nicht um Erlaubnis ... Ich sag' nur Bescheid, weiter nichts ...«

Zé Bundinha zog sich seine Hosen an und ein Hemd, schlüpfte in seine Schuhe, steckte die Brieftasche ein, zündete sich eine Continental an und verließ türenschlagend das Haus.

Blieb zwei Tage verschwunden, Fátima wollte sich schon Sorgen machen, schließlich stöberte man ihn in der Casa Branca, dem »weißen« Haus auf, in misslicher Lage, sogar sein Fahrrad hatte er eingesetzt, um zu trinken, »wie ein gesuchter Verbrecher, seit gestern ...«, wie Doktor Romualdo Nascente berichtete, als er ihn aus dem Aerowillys aussteigen ließ, »reiß dich endlich mal zusammen«, ihm mit der Hand kräftig und doch verständnisvoll über den Rücken strich, Gaffer und Kinder um sie herum, die das Blechkleid des Autos befingerten. Ein Tuch um die krausen Haare, Augenringe, schüttelte Fátima sorgenvoll ihren Kopf, Isidoro auf ihrem rechten Arm schnuffelte an einer Windel, »Sein Kuscheltuch«, Teresinha in Unterhosen klammerte sich an den Saum ihres bedruckten Kleids. »Lass uns gehen, Zé!«. Dann gingen sie die Treppen zur Gasse hinunter.

Zu Hause die Frage:

»Zé, musste das sein?«

»Sie haben mich rausgeschmissen, Fátima.«

»Glaubst du, ich weiß das noch nicht? Schlechte Nachrichten haben Flügel ...«

»Und nun, Fatinha?«

»Was wohl? Lass dich bei Industrial auf die Liste setzen, bei Manufatora, bei Saco-Têxtil ... Davon geht die Welt nicht unter ... Du hast zwei Kinder großzuziehen, schon vergessen?«

Zé Bundinha steckte sich eine Mistura Fina an, wollte etwas entgegnen, aber die Stimmen hallten nur in seinem schmerzenden Kopf.

Er bekam keine Arbeit mehr. Klapperte die Personalschalter sämtlicher Spinnereien ab, aller Webereien, doch sein Ruf war stets vor ihm da, und die Hoffnung auf Anstellung schwand mit den Nächten, die keinen Morgen mehr kannten. Das Weißblau der Frühe bekam ihn nie wieder zu sehen. Es waren die schillernden Abende, die ihn, auf Langeweile und Schweigen, Einsamkeit, Selbstaufgabe gebaut, in endlosen Kartenspielen in Zé Pintos Kaschemme verschlangen, ewigen Billardpartien und nicht endendem Bingo um Geld. Und am Tag klammerte er sich an den Schnaps, versank tiefer und tiefer in Mutlosigkeit.

Bevor nichts mehr davon übrig war, schnappte sich Fátima die Abfindung ihres Mannes und investierte in eine Nähmaschine von Singer aus zweiter Hand, Vorräte und Lebensmittel.

Zé Bundinha sah alles in einem Strudel zusammenstürzen: Die Sonne brannte ihm, wenn er aufwachte, bereits ins Gesicht; mit flauem Bauch knabberte er Schweinereien, konnte kein Salz mehr vertragen; an Freunden waren ihm nur die Saufnasen geblieben, Zunga, Zé Preguiça, Presidente, immer unterwegs auf die Insel rüber; der Streit mit der Frau häufte sich um nichts und wieder nichts

: wo ist mein geld, hä? jahrelang in der fabrik abgerackert für was?

:: mit der nähmaschine ernähre ich die familie die kinder uns alle! du bist undankbar! ja, undankbar!

: die kinder ... missgeburten! keinen respekt mehr vor niemandem! keine ordnung!

:: du torkelst herum und sie sollen respekt vor dir haben? soll das ein witz sein?

: ja, du glaubst, dass ich zu gar nichts mehr zu gebrauchen bin, richtig? aber du wirst schon sehen, eines tages! jawohl!

:: du hast mein leben zerstört, zé! ich habe keine träume mehr, keinen spaß, nichts!
: wie eine vogelscheuche muss ich herumlaufen, wie ...
:: dann lass mich doch, lass mich gehen und kümmere dich um deinen eigenen scheiß!
: nicht einmal für zigaretten, irgendwann muss ich noch klauen gehen ...
:: genau! drohe nur! schönes vorbild für deine kinder bist du!
: niemand hat mehr achtung vor mir hier im haus!
:: liebe zeit, warum bringst du mich nicht einfach um?

Ich bring dich um, Schlampe! brüllt er, und Fátima reißt sich los, Töpfe stürzen zu Boden, **Hilfe!**, im Wohnzimmer bekommt Zé Bundinha sie wieder zu fassen, schlägt sie ins Gesicht, noch einmal, Teresinha krallt sich verzweifelt an Vaters Beine, **Lass Mutter los!**, sie windet sich los, rennt nach draußen, Isidoro heult, **Hilfe, er bringt mich um! Lass Mutter los, Vater!, lass sie!** Zunga: **Hör auf, Zé, hör auf!** Bibica: **Ruf doch jemand die Polizei, um Himmels Willen!** Olga: **Hör auf, Zé!** Hilda: **Ruf die Polizei! Er will Fátima umbringen!** Zito Pereira nimmt ihn in den Schwitzkasten, sie knallen gegen einen Bambuszaun. Zé Pinto kommt mit einem Revolver in der Hand, **Was ist denn hier los, was ist los?**, die Frauen stieben kreischend in alle Richtungen fort, **Um Himmels Willen!, Lassen sie's gut sein, Herr Pinto!, Ich hab euch gewarnt, dass ich hier kein Durcheinander will, hab ich es nicht gesagt? Ich habe**

Geblieben war ihr das Bild, Fátima, **Karnevalskönigin – Cataguases 1956**, ein Umschlag in Plastik und Gummiband zwischen Dachsparren und einem Ziegel versteckt in der Küche. Das Kleid ist den Zeiten zum Opfer gefallen, die Schärpe den Silberfischchen.

Und sie besorgten Satin, Tüll, Ballerinas für Teresinhas Kostüm: Haremsdame, für Dona Fátima was »Anständiges« »Ich mache doch nur deiner Tochter die Freude«, erklärte sie einem abwesenden Zé Bundinha, dürr, Hemden nach Schweiß stinkend, Hosen und Socken und Taschentücher, Betttücher, Decken und Kopfkissen, Blutspuren auf dem Toilettensitz von einer unsichtbaren Hämorrhoide.

Vor dem Ruderklub, Haupteingang, hielt die Haremsdame, bauchfrei nervös beide Eintrittskarten in schwitzenden Fingern, die Mutter neben ihr, die vielen Leute so ungewohnt, auch wegen des maulenden Ehemanns unruhig, *War das wirklich richtig, was ich hier tue?* Kein Lüftchen bewegt die Licania-Bäume. Der Lärm aus der Weberei von Industrial überlagert das Tohuwabohu der Clowns, Araber, Harlekine, Indianer, Kolumbinen, Koketten, Zigeunerinnen, Babys, Tänzerinnen, Hawaiimädchen, Hexen, Witwen, Teufel, Dompteure, Narren, Piraten, Politiker, Pierrots, Pharaonen, Mumien, Werwölfe, Feen, Zauberer, Engel, Häftlinge, Gaukler, Seemänner, Maskierte und als Frauen verkleidete Männer, als Männer verkleidete Frauen, »Nur Mitglieder hier, nur für Mitglieder! Besucher die andere Tür! Andere Tür!«, kommandierte der Türsteher aufgeregt. »Wie bitte? Einladung? Davon weiß ich nichts!«, sagte er zur Verzweiflung von Dona Fátima, »Ich wusste ... Wir hätten nicht kommen sollen ...«, flüsterte sie ihrer Tochter verlegen zu, die genervt ihre Augen verdrehte. »Nirlando! Nirlando, Hey! Weißt du etwas von einer Einladung? Aus dem Radio? Radio? Ja, Radio! Ach so, dann, alles klar! Ihre Karten? Kommen Sie schon, kommen Sie rein ...« Teresinhas Füße zögerten leicht beim Betreten der sechseckigen Zementfliesen am Boden bis hinunter zum Ballsaal, *Alá-lá-ooooooo, Alá-lá-ooooooooo*

Wie oft hatte sie von diesem Moment geträumt, wie oft! Wenn sie mit Wäsche unter dem Arm über die Neue Brücke ging, blieb sie jedes Mal kurz am Geländer stehen, stellte sich vor, wie dort hinten die Mädchen am Rand dieses riesigen, bläulichen Schwimmbeckens lagen, lasziv an der Bar Cola schlürften, bemüht Basketball auf dem Sportplatz spielten und angeregt an den kleinen Tischen überall turtelten. Abends dann, unterwegs zur Gewerbeschule *Ginásio Comercial Antônio Amaro*, Bücher und Hefte gegen die Brust gedrückt, die jungen Burschen mit ihren Kopfsprüngen vom Sprungturm, verwegen, hübsch stark, und hinter den Hügelketten verschwindet die Sonne. Teresinha saugte Geschichten der Kundinnen auf, wenn sich diese Gedanken um Schnittmuster machten, **Ruderklub, ach!**, neue Modelle, **Clube Social, ach!**, Kleider probierten, **die Feste!**, sich für eine Saumlänge entschieden, **Ach!** *Ach!*, träumte auch sie ... *Nein!* Die Schwelle zu dieser verbotenen Welt würde sie nie übertreten, niemals! und blätterte weiter in *Sétimo Céu*, *Capricho*, *Grande Hotel*, wieder und wieder gelesenen Ilustrierten bei Dona Olga zu Hause, und dann Márcio Toledo im Radioempfänger *Karneval wie in alten Zeiten! Ein Hoch auf die Karnevalskönigin. Rufen Sie an und gewinnen Sie eine persönliche Einladung für zwei Personen! Mit freundlicher Unterstützung von*

»Mutter, Mutter!«

Zur Bühne kommen, ein echtes Stück Arbeit *macht eine Gasse frei / lasst mich vorbei* Luftschlangen winden umwickeln Arme Beine Konfetti regnet die Hand drückt und zieht klammert Mensch an Mensch Polonaise, **Hallo! Hallo!, Was? Hallo, hier meine Mutter! Königin!, Bitte?, Königin!, So!, Hier, hier …** Und Dona Fátima sieht panisch die Haremsdame blitzschnell zwischen Dutzenden wimmelnder Köpfe verschwinden, ein Brodeln *dein Haar schwarz wie Kohle, Mulata / deine Haut wie Schokolade, so braun / aber weil Farbe nicht abfärbt, Mulata / ist deine Liebe für heute mein Traum.* Um Himmels Willen, darf ich das? Man führt sie zu einem der Stühle, die im Halbkreis um das kleine Podest mit dem Orchester herum stehen, neben ihr eine Alte *Dass die sich nicht schämt!* tanzt Samba, um den Hals eine Hawaiikette, *Nicht mal mehr Zähne im Mund!, Gott bewahre!, Ist das die Möglichkeit?*, links eine, die sie vom Sehen kennt, *Woher bloß?*, Trompeten, Posaunen, Müdigkeit, Reue klingt blechern *Wo ist Teresinha, mein Gott, wo bloß?*

Spät, Augenlider schon ungewollt schwer, erscheint Márcio Toledo, die Stimme will gar nicht zu seiner schmächtigen Gestalt passen, *Das also ist …* **Guten Abend!**, von der Tanzfläche wandern die Narren zurück an die Tische, **Einen wunderschönen Abend, meine Damen und Herren!**, Weiße Jacketts segeln in Richtung Bar, zur Toilette, *Wo steckt Teresinha, mein Gott?* **Mit freundlicher Unterstützung des Supermarkts Lino möchte Radio Cataguases sich bei all jenen bedanken, deren Schönheit und Lebensfreude den Karneval früherer Jahre bereichert hat. Den Karnevalsköniginnen! Einen herzlichen Applaus bitte!** (Applaus, Pfeifen) **Bevor ich sie Ihnen nun einzeln vorstelle, geht ein Dank auch an den Präsidenten des Ruderklubs, Doktor Pelágio dos Reis Antunes, und seine reizende Ehefrau Dona Flora für ihre tatkräftige Unterstützung, ohne die all das nicht möglich gewesen wäre. Einen besonderen Dank auch an unseren Herrn Bürgermeister Doktor**

Armando Prata, der heute vertreten wird von *Wo um Himmels Willen ist Teresinha?*

... 1955!

»Maria de Fátima Ribeiro Martins! Karnevalskönigin 1956!«

Und überreichte ihr das Etui aus blauem Samt mit einer silbernen Plakette, rechts oben ein wenig verschnörkelt:

Der Karnevalskönigin 1956
Maria de Fátima Martins
Radio Cataguases und Supermarkt Lino
Cataguases, Februar 1973

die alle zum Gelingen dieses Fests beigetragen haben, herzlichen Dank! Und nun wieder Maestro Dedinho und sein Orchester!!!

Drei Apfelsinen im Haar / Und an der Hüfte Bananen Die Stühle werden beiseite geschoben, auf dem kleinen Podest drängen sich nun wieder weniger unauffällige, weniger zurückhaltende Kostüme. Dona Fátima in der Enge, das blaue Etui fest in der linken Hand, zwängte sich durch die tobende Menge *Der Existenzialist mit gutem Grund / tut nur, was man ihm sagt / Sein Herz* suchte nach Teresinha, *Mein Gott, wo steckt dieses Mädchen?* Durchkämmte den Saal, alle Ecken, geschoben, geschubst, festgehalten, weitergeschleift, zurückgestoßen, gezogen, jede Haremsdame, nicht viele, im Blick, aber keine davon ihre Tochter. *Mein Gott, wo steckt das Kind?* Durchkämmte den Saal auf und ab und geschoben, geschubst, weitergeschleift, zurückgestoßen, gezogen, jede einzelne Haremsdame im Visier, nicht viele, aber keine davon ihre Tochter. *Mein Gott, wo treibt sich das Mädchen herum?* Stieg mit Mühe auf einen Stuhl, taumelig, die Musik, Lichter, Köpfe erschienen, verschwanden, *Mein Gott, wo steckt sie?* Die Beine geschwollen, Krampfadern in letzter Zeit, und pochten, ihr Blick schweifte über den Saal, *Und wenn, wer weiß?* Wollte fragen, Wie dumm!, Was denn fragen?, Entschuldigung, haben Sie vielleicht meine Tochter gesehen? Sie ist so, schokoladenbraun, schwarze Haare, Locken, hübsch? Nein? Verkleidet als Haremsdame ... Doch noch so unerfahren ... Unvernünftig ... Suchte in allen Ecken des Klubs, um das Schwimmbad herum niemand, im Schatten des Sportplatzes erschrak und erschreckte sie schamlose Küsse, still lag der Spielsalon leer. *Gott, dieses Mädchen!* Erschöpft schlug sie den Weg Richtung Ausgang ein, zwängte sich durch das Drehkreuz, der Lärm wurde leiser, mischte sich unter das Kommen und Gehen am Eingang, nein, auch da nicht ...

Summen in den Ohren, nervös nahm sie den Weg
Richtung Neue Brücke,
jeden Schatten im Augenschein
Jedes herabfallende Blatt
Jeden Pflasterstein.

Stieß auf
einen, der sich in der Hocke im Rinnstein erbrach,
einen, der gegen einen Pfosten gestützt pinkelte,
einen, der ins Leere hinein in die Nacht schimpfte,
einen in einer Mülltonne wühlenden Hund.

Schlich sich erneut in die Nähe des Ruderklubs, mischte sich unter das Kommen und Gehen, *kann nicht mehr / Sehnsucht, die mich überkommt / Frieden will ich* keine Haremsdame, *Mein Gott, dieses Mädchen, nur Sorgen!* Ging dann niedergeschlagen bis dort, wo die Neue Brück beginnt, die Musik mischte sich nun mit dem Rauschen des Pomba, alleine, verzweifelt.

Kehrte um, und die Blasen an ihren Füßen treiben sie durch den Tunnel aus Licania-Bäumen, bleich von den Straßenlaternen herabströmendes Licht spielt im vereinsamten Morgengrauen.

Dieses Mädchen, mein Gott!, was soll bloß werden?

Sie seufzt.

In der Linken das blaue Etui.

REGENZEIT

Geschunden versinken die Füße im fauligen Flusssand des Seitenarms. Die Dezembernachmittagsstille stört nichts als das Flattern der Vögel bei ihren Ausflügen in die Baumkronen, das Platschen des ungezügelten Wassers, das trudelnde Äste und Stämme mit sich reißt. Aus der Ferne das He-he der Kinder, die hinter Fußbällen herrennen, das Gesumm der Frauen beim Wäscheabhängen, das Heee einer Mutter, die nach ihrem Kind ruft, das Brummen eines Autos, verhaltenes Lachen ... Caburé in der Hocke zieht Rotz durch die Nase, brennende Striemen am Rücken, auf den Armen, Beinen, im Gesicht, nicht einmal das schonte der Vater, wenn er mit dem Leder losdrosch, nicht einmal wenn er die Hand nahm, zulangte, wie es ihm gerade kam. Dona Fatinha ging manchmal dazwischen, ärgerlich, »Zé, du machst mir den Jungen kaputt ...« Sie hatte ja nichts gegen das Schlagen an sich, war ja auch nur ein Mensch, aber ihr Repertoire reichte von Zwicken, Ohrenlangziehen, einem Schlag mit dem Reisig auf den blanken Hintern, bis, wenn es schlimm kam, zum Lederriemen, verdient hatte es Isidoro allemal, doch keine Fußtritte, Nackenschläge, nie die Faust, ins Gesicht schon mal gar nicht »ist doch demütigend für den anderen«. Er trieb sich rum, war ein Meister darin, ließ der Mutter graue Haare wachsen und brachte den Vater in Rage. Er legte sich mit den »Strolchen« der Gasse mit den *Angebern* aus Vila Teresa an, ein Krieg mit Steinschleudern, Knüppeln, Steinen und Schlägen – Polizei kam, dann war erst mal Ruhe. Er machte seinen Beutel mit Murmeln, das Wurfmesser, auch den Kreisel zu Geld, *Kinderkram*, und kaufte von Gildo ein Knopffußballspiel zweiter Hand, die Aufstellung von Vasco da Gama: Andrada, Fidélis, Brito, Renê, Eberval, Alcir, Buglê, Luiz Carlos,

Nei Valfrido, Acelino. Machte Spaß. Aber bald ging es wieder im Rudel hinaus aufs Gelände, Fußball spielen, Verstecken, Rosenäpfel, Brotfrucht, Avocados, Carambola, Jaca, Surinamkirschen, Mangos klauen – Amâncio drohte gereizt »Nächstes Mal ...« Sammelte beflissen Blei, Kupfer, Bronze, alte Flaschen, Papier für den Schrotthändler und setzte den Erlös ein beim Tischfußball und beim Billard – und vergaß in Zé Pintos Laden die Zeit. Dann blieb er in der Fünften sitzen und schwor reumütig Stein und Bein, dass er sich bessern wolle, bot sonntags vor der Nachmittagsvorstellung neben dem Kinoeingang Heftchen zum Tausch an: Cheyenne, Gunsmoke, Comanche, Tex, Schwarzer Ritter, Schneller Pfeil, Coyote, Zorro, Durango Kid, denn nun interessierte ihn nur noch der Wilde Westen. Aber verkommen, wie er nun mal war, bezog er auch Prügel vom Besitzer der Stute, die immer am Flussufer weidete, und auch wieder vom Vater, der ihn beim Blödsinnmachen mit Lucas von Dona Eucy erwischte. »Was habe ich bloß falsch gemacht, lieber Gott?, was, lieber Gott?«, Dona Fatinha wusste sich nicht mehr zu helfen und lamentierte gebeugt über Heftnaht und Schlussnaht, beim Ausmessen und bei der Anprobe, während das Rattern der Nähmaschine ihn in den Schlaf wiegte und wieder weckte. Das schlechte Gewissen nagte von innen an ihm, denn er wollte ihr doch gar nicht wehtun, auf gar keinen Fall, wollte gut, artig, gehorsam sein, dass sie stolz auf ihn sein könnte, wie sie es auf seine Schwester war, und er fasste den festen Entschluss: *ab jetzt für immer!*; doch ein Pfiff, der ihn rief, unterm Fenster ein Wirbelwind, lenkte ihn ab, machte ihn neugierig, »Los, Caburé«, das Versprechen verkümmerte, schob ihn hinaus nach dem Rufen der Straße, frei, ungezügelt, um ihn erst spät wieder abzuliefern, kleinlaut, unter das Joch jenes leidenden Blicks, um den Nacken das Maßband und in der Hand die ermattete Spindel, »Junge, ich habe dich überall gesucht ...« Das traf, und er fand sich selbst böse, unwürdig, verachtenswert, »Mach dir keine Gedanken, Mutter, ich hab schon gegessen, bei Dona Marta«, log er und verbrachte die Nacht schlaflos mit knurrendem Magen, versuchte das Unglück, das ihn bedrückte, zu vertreiben und peinigte sich bei dem Gedanken an damals, als sie ihm einen Lappen mit Alkohol um den Hals gelegt hatte, um seinen Keuchhusten zu heilen,

die Stunden, die sie gemeinsam hatten vergehen sehen, sie brachte Stoffe in Form und er hatte sich als maskierter Held in den Wilden Westen geträumt; oder wie sie schlaflos bis in den Morgen hinein über sein Wechselfieber gewacht hatte; oder wie sie geduldig mit der im Herdfeuer gereinigten Nadel Sandflöhe und Splitter aus seinen schorfigen Füßen entfernte – und überlegte, am Sonntag zur Messe zu gehen, für alle Zeiten von etwas abzuschwören, was er sehr mochte, Bananenkonfekt, Calango, Kuchen, doch die Predigten waren so lang und so langweilig und er so verfressen, dass ihm allein beim Gedanken an Fasten schon flau wurde …
Er kasteite sich trotzdem: Schlich bis ans andere Ende der Stadt, humpelnd, die Zehen in Turnschuhe eingezwängt, schwitzte all seine Bosheiten aus. Doch in der Pause ging wieder ein schwedisches Heftchen von Hand zu Hand, nach der Schule suchte einer Streit, auf dem Nachhauseweg sah er den Vater erbärmlich besoffen am Ausschank von Gérson, direkt wo die Neue Brücke beginnt – und war der Versuchung gleich wieder erlegen. Wegen der Sünden wünschte er sich tief im Herzen, dieses »Geschwür«, wiedie Mutter zuweilen gereizt sagte, würde absterben, allein der Gedanke ließ ihn in der Hölle schmoren, auf ewig verdammt, wie es der Katechismus von Dona Iolanda lehrte – »Fünftes Gebot: **Vater und Mutter ehren**; sechstes Gebot: **Nicht töten**; siebtes Geb« Wie aber die Wut überspielen, die seine Adern vergiftete? Die blauen Flecke verbergen, die Unkräuter, von Händen gesät, die nicht zwischen Mensch oder Tier unterschieden? Wie sollte er den respektieren, der da schwankend die Gasse heruntergestakst kam, zur Unzeit zurück von der Straße? Wie, wenn er mir nichts dir nichts mit der Mutter aneinandergeriet, sie vor allen Kunden blamierte mit seiner Ignoranz, seiner Dummheit, seiner Trotzigkeit. Abhauen, das wäre vielleicht eine Lösung – im Blauschimmer des nahenden Morgens stapelte er Butterbrot, Kekse, Glas Wasser in eine Umhängetasche und schlich sich verstohlen die Treppen der Gasse hinauf, fest entschlossen, die pochende Sehnsucht, die unweigerlich kommen würde, bereits im Hals. Er würde die Jungs sehr vermissen – Vicente Cambota, Gilmar, Gildo, Luzimar, Jorge Pelado –, sogar die ewig nörgelnde Teresinha würde ihm fehlen, doch er musste weg, er ertrug es nicht

mehr, seiner Mutter nur Sorgen zu machen mit seiner Unfähigkeit, sich vom Bösen zu lösen, ihr Jammern zu hören: »Ach, Isidoro, ich weiß nicht, von wem du das hast!«, »Ach, Isidoro, du bringst mich noch ins Grab vor Kummer!«, »Ach Isidoro, ich weiß nicht, was ich mit dir machen soll!« Wo doch all seine Mühe vergeblich war, wollte er nun, endlich buchstäblich aussätzig: nie mehr auf einer Schulbank Platz nehmen, nie mehr Zähne putzen, sich nie mehr jeden Tag waschen und vor allem nie mehr Schläge vom Vater bekommen, seinen von Schnaps und Zigaretten sauren Atem spüren, nie wieder – adieu, adieu, nichts würde ihn mehr davon abbringen. Und um den Weg abzukürzen, schlug er sich durch ein Loch im Zaun auf das umzäunte Gelände, um nicht noch Bekannten über den Weg zu laufen, und auch, um die Orte zu meiden, die er nie wiedersehen würde, wozu sollte er seinen Schmerz unnütz anstacheln?, *ich komme nie wieder, für immer!* Beim Bolzplatz streckte er sich erst mal auf dem Boden aus und schaute gedankenverloren dem Kreisen der Geier zu, schwarze, kaum mehr zu erkennende Punkte zwischen durchsichtig schwebenden Septemberwolken, und kaute auf seinen Maiskeksen. Dann machte er einen Bogen um das Arbeiterviertel, überquerte den Platz mit dem Wasserbassin und nahm dann den weniger ausgetretenen Pfad Richtung Paraíso. Oben auf dem Hügel rollte er sich dann erschöpft unter den Eukalyptusbäumen zusammen, da unten Industrial, die Alte Brücke, der Kirchturm, die Neue Brücke, das Gefängnis, das Gerippe des Krankenhauses, der Steinbruch, die Biegung des reglosen Flusses – und die Stille verschloss seine Augen. Das Pfeifen der Fabriksirene ließ ihn hochschrecken, zehn vor zehn, Schwärme von Fahrrädern schwärmten hinaus auf die Straßen. Um diese Zeit döste Zé Pinto immer unter dem Mandelbaum in der Sonne vor seiner Spelunke, Fliegen labten sich ungestört an den Süßigkeiten in seiner Glastheke, der Portugiese, Senhor Antônio, kehrte mit aufgekrempelten Hosenbeinen vor seinem Geschäft, Zunga, die Tippscheine der Tierlotterie in der Gesäßtasche, streckte sich gedankenverloren, das Hemd über der Hose, Hilda von Zito Pereira setzte schon einmal den Kohl auf, die quengelnden Kinder rotznäsig zwischen den Beinen, Dona Zulmira bringt Herrn Marlindo einen Topf Essen, Dona Olga plaudert über die Mauer von ihrer schlaflosen

Nacht, wieder einmal, Schritte, Gespräche, Gebell, Miauen, Gezwitscher, »Sá-Ana, ich höre alles, ich werde noch einmal verrückt!«, Vater würde aufwachen, sich anziehen, sich auf den Weg machen zu Zé Preguiça und Presidente, um gemeinsam nichts weiter zu tun, Mutter würde warten, bis Dona Filhinha die Knöpfe für ein Debütantinnenkleid fertig hätte, die Kinderschar würde herumstromern – *die werden Augen machen, wenn sie es merken*! Seine Hand tastet sich durch die Tasche und stellt entsetzt fest, dass das Wasser ausgelaufen war und das Brot aufgeweicht hatte. Er sprang wütend auf, schimpfte, verfluchte das Fasten, doch trotzig entschloss er sich, weiterzugehen. Zornig stapfte er los, doch hinter der ersten Biegung sah er jemanden auf sich zukommen, weiß gekleidet, Strohhut, über der Schulter die Sichel am Stiel; die Gestalt schien ihm zu winken, als hätte sie auf ihn gewartet, ein Hinterhalt. Mit weit aufgerissenen Augen, Gänsehaut, war er wieder nach Hause gestürmt, Mutter war kurz aufgeschreckt, hatte kurz das Pedal ihrer Nähmaschine ruhen lassen und geschimpft: *»Junge, wo warst du, ich habe dich überall schon gesucht ... Komm schon, das Essen wird kalt.«* Ein Fingerzeig war das für ihn, diese Niederlage, und so fing er an, Eis am Stiel zu verkaufen für Fábio aus Beira-Rio, der das selbst herstellte für treue Kundschaft. Fleißig rannte er durch die Gegend, die Styroporkiste vorm Bauch, »Eis am Stiel!«, und kratzte stolz Kleingeld zusammen. Unternehmungslustig überquerte er sogar einmal voller Zuversicht die Holzbrücke zur Insel rüber, »Erdnuss! Milch! Kokos! Zitrone! Avocadoeis!« anpreisend, laut, aber noch weit entfernt von den übereinandergewürfelten Zimmern, da raunzte ihn der Murrudo an, »Verschwinde bloß, du Rotznase!«, »Ich mach doch nix ...«, hatte er erwidert. Doch der Lude hatte ihn grob am Arm gepackt und wiederholt »Hau bloß ab!«. Da hörte er »Lass den Jungen ...«, wollte es kaum glauben, »Vater! ...«, der schwankte auf ihn zu, lallend, als Retter. »He, Zé, du weißt ganz genau, was hier los ist, wenn die Polizei einen Minderjährigen hier erwischt«, hatte Murrudo gebrummt, »Ich weiß ... Lass ... Ich kümmere mich ...«, versicherte Zé Bundinha und brüllte nun seinen Sohn an: »Du Stück Scheiße! Was suchst du hier?«, »Eis verkaufen ...«, »Und für dich ist das hier dafür der richtige Ort!? ...«, schimpfte, schüttelte ihn, »Na?«, »Na ja ...« Caburé wollte fortlaufen, voller Angst, doch da traf ihn schon ein Tritt in den Hintern, die Styroporkiste sprang auf, überall purzelte Eis, spitz wie Kirchtürme, in den Staub. Er hatte sich aufgerappelt, war Richtung Fluss galoppiert, ein Schwall von Gelächter hinter ihm her, das noch lange in seinem Kopf hallte. Eine Zeitlang hatten sie still über den Fehltritt des anderen geschwiegen, bis sich der Vater, vom Aufruhr »Lieber Gott, dieser Junge bringt mich noch ins Grab! Was soll ich bloß tun!« der Frau auf den Stufen vor ihrer Haustür angeheizt »Das wird noch einmal böse enden«, anstecken ließ von dem Getöse, beim Mangoklauen im Garten des irren Simão hatte man Isidoro erwischt, »Das wird noch einmal böse enden, heilige Mutter Gottes!«, und gebrüllt hatte: »Nun reicht es endgültig, ich schlag ihn kaputt, diesen Hurensohn!«. War zur Küchentür gestürzt, wo am Rahmen das Leder hing, hatte den Riemen gegriffen und Jagd auf den Jungen gemacht, unter Betten und über die Dächer und »Wo ist der Drecksack? Wo ist der Drecksack?« gebrüllt, bis er ihn schließlich am Arm aus dem Kleiderschrank von Bibica herausgezerrt hatte, »Nur Ärger mit diesem Teufel!«, und mit solch einer Wucht auf ihn eindrosch, dass Nachbarn um Gnade flehten, »Es reicht, Zé, es reicht, du bringst ihn noch um«. Auch Dona Fatinha versuchte, ihn aufzuhalten, wurde gegen die Wand geschleudert, stieß sich Arm und ein Knie auf, musste sich erst einmal hinlegen und Maracujasaft trinken. Dann waren Zé Pinto und Zé Prequiça gekommen und hatten den Vater in den Schwitzkasten genommen, während die tobenden Frauen ihm mit ihren Fäusten den Schädel traktierten, »Lass los! Lass ihn los!«, bis er schließlich von Isidoro abließ, der so schnell es ging abhaute.

Geschunden versinken die Füße im fauligen Flusssand des Seitenarms. Die Dezembernachmittagsstille stört nichts als das Flattern der Vögel bei ihren Ausflügen in die Baumkronen, das Platschen des ungezügelten Wassers, das trudelnde Äste und Stämme mit sich reißt. Aus der Ferne das He-he der Kinder, die hinter Fußbällen her rennen, das Gesumm der Frauen beim Wäscheabhängen, das Heee einer Mutter, die nach ihrem Kind ruft, das Brummen eines Autos, verhaltenes Lachen ... Caburé in der Hocke zieht Rotz durch die Nase, brennende Striemen am Rücken, auf den Armen, Beinen, im Gesicht.

DER ANGRIFF

Im Sommer 1972 bekamen meine Eltern Gelegenheit, dem Glück einmal kräftig die Hand zu geben. Im Januar, als dunkle Wolken von Barbacena her die Bewohner am Flussufer in Sorge versetzten, mit bangem Blick auf das tückische Ansteigen des Rio Pomba, verstauten wir unsere Siebensachen auf der Pritsche des International KB-6 von Zé Pinto. Unser Häuschen mit vier Zimmern in Paraíso war endlich fertig. Zwei Jahre Gerenne, vom Kauf des Geländes, bis der Strom kam, zwei Jahre lang Kaffee aus Thermoskannen für Maurer und Gehilfen, den Brunnenbohrer und den, der ihm zur Hand ging, den Elektriker und schließlich Brot mit Tomatensoße und Zwiebeln tütenweise und viele Liter Sirup an dem Sonntag, als der Beton für die Decke gegossen wurde. Mein Vater, der den Bau Schritt für Schritt überwacht hatte, vom Stampfen der Fundamente bis zum Anschluss der Toilettenschüssel, vom Befestigen der Eternitplatten für das Vordach bis zum Verlöten der Füße am Waschtrog hinter dem Haus, war ganz außer sich. Fiel jedem um den Hals, Freunden und auch Leuten, die er vorher noch nie gesehen hatte, redete laut, was sonst nicht seine Art war, und lachte über Kleinigkeiten, Kinderkram ...

Meine Mutter, am Wasser gebaut – »Klar bin ich glücklich, was denkst du!, die Tränen, wie dumm von mir« – rechnete vor: Zwanzig Jahre in Vila Teresa – »Reginaldo war damals noch ein Säugling, so winzig« –, natürlich, die Überschwemmungen, die alles zerstörten – »Wie viele Matratzen wir wegwerfen mussten, kann ich gar nicht mehr zählen« – waren nun Vergangenheit, doch sogar die, war sie sicher, würde sie vermissen, sogar die. Und auch die Verbundenheit Wand an Wand, hatschi-Gesundheit!, würde ihr fehlen: In Paraíso standen die

Häuser vereinzelt, als schämten sie sich voreinander; und der Streit, der hat das, der hat jenes gesagt, das Getratsche ... sie waren wie eine Familie gewesen, Kopf und Zahl. Aber wichtig war: keine Miete mehr, kein vergeblich vergossener Schweiß für den Durst des Vermieters, *ja, nur das zählte*, sagte sie noch einmal und streichelte durch den Jutesack hindurch unsere Katze auf der Ladefläche des Umzugslastwagens, der schnaufend über die holperige Piste des Viertels rumpelte.

Im Februar kaufte mein Vater mit Hilfe von Reginaldo und Mirtes, meinen Geschwistern, ein Fernsehgerät, Telefunken, auf Raten, dreiundzwanzig Zoll, damit meine Mutter die Telenovelas sehen konnte, »Entspannt die Gedanken, das stellt ihr euch gar nicht vor« und für ihre von Krampfadern umrankten Beine. Doch all das war nichts gegen den Traum, der sich für sie nun erfüllte, noch aus der Kinderzeit in der Lehmhütte mit dem Fußboden aus gestampfter Erde am Ende der Welt, daran wollte sie gar nicht mehr denken: unter eigenem, richtigem Dach leben und Bohnerwachs auf glattem Estrich. Ihr einziger Wunsch – immer schon. Scheinchen um Scheinchen hatte sie emsig gespart und beiseitegelegt, von dem, was sie fürs Waschen von bündelweise fremder Wäsche bekam, und hatte Baustoffgeschäft für Baustoffgeschäft abgeklappert nach genau der gelben Farbe, die sie sich so wünschte.

Nach dem Umzug nutzte meine Mutter jeden Samstagmorgen, wenn Reginaldo und Mirtes zur Arbeit in der Fabrik waren und mein Vater im Laden, alle weg, um aufzuräumen. Ganz früh schickte sie mich mit dem Fahrrad einen Liter Benzin bei der Tankstelle holen. In ein abgetragenes Baumwollkleid gezwängt, um den Kopf ein Tuch, fegte sie dann durch die Räume: Wischte mit Fetzen aus altem Trikothemden Staub von den Möbeln und wienerte sie mit Perobaöl, rückte alles hin und her, um auch in die Ecken zu kommen, löste das gelbe Bohnerwachs in Benzin auf und verteilte es über den Boden. »Wie ich es mir immer gewünscht habe ... Ein Haus nur für mich ... Wo ich einen Nagel einschlage, bleibt er für immer ... niemand reißt ihn dort aus ... niemand.«

Mein Vater hatte damals die fixe Idee, etwas anderes zu versuchen, den kleinen, eintürigen Laden in Vila Minalda abzugeben und ein Kurzwarengeschäft näher an der Rua do Comércio aufzumachen, war unzufrieden, denn unterm Strich reichte es kaum für die Ladenmiete, er würde sich einen Namen machen, bekannt werden, respektiert, eine andere Liga ... Bis dahin zählte er zwischen Landhühnereiern, Limetten, Orangen, Kartoffeln, Drehtabak, Maisstroh, Flüssigbenzin und Feuersteinen die Tage. Mittags schaltete er, von erschlafftem Gemüse umgeben, Radio Aparecida ein, Pater Victor: *Es schlägt die Stunde der Ewigkeit.* Um drei Uhr schaltete er, wenn das liegengebliebene Grünzeug seinen letzten Seufzer tat, Radio Aparecida ein, Pater Victor: *Gebenedeit sei unsere Mutter Gottes.*

Mirtes war sechzehn geworden und machte sich auf die Suche nach einem, der sie aus dem Stand der Arbeiterschaft zur feinen Dame erheben könnte. Im Lagerhaus von Industrial, schon weit weg von dem Lärm, der Hitze, dem Muff, der verpesteten Luft in der Spinnerei oder der Weberei, galten die jüngsten Errungenschaften der Familie nicht mehr allzuviel. Sie wollte lieber gleich einen, der möglichst im Zentrum wohnte, ein Optikergeschäft hatte oder eines für Haushaltsgeräte. Mit jemandem aus der Fabrik gehen?, einem wie sie?, Gott bewahre! Und auch keinen Krämer, keinen Portugiesen, da reicht nicht das Hemd bis zum Hosenbund. Bis dahin nistete sie sich im Wohnzimmer auf dem Schlafsofa ein und traf sich heimlich im Park Santa Rita mit einem Habenichts in der Dunkelheit ...

Ich war schon fast elf und ging vormittags aufs Colégio Cataguases. Nachmittags schloss ich mich den Kindern an, die von kurz nach dem Essen bis Angelus auf dem Bolzplatz von Paraíso Ball spielten. Abends ging ich hinunter nach Beira-Rio ans Flussufer, wie ein Fisch auf dem Trockenen, trieb mich verlegen herum, schaute den Leuten beim Rumtreiben zu, weiter nichts, mal hierhin, mal dahin, kein bestimmtes Ziel, mal gab es ein Knopffußballspiel, dann eine Rempelei unter Raufbolden, in einer Straße ein neues Auto, eine lustige Sendung im Fernsehen, ein hartnäckiger Trunkenbold, eine Zeitschrift mit nackigen Frauen, eine Prügelei mit Ansage, Versteckspiel, Verdauungsprobleme, Steine auf eine Fensterscheibe, ein Fußball aus alten Socken, eine Glasscherbe im Fuß, ein aufpoliertes Fahrrad ... Die Älteren gockelten vor den Wohnungen möglicher Freundinnen herum, eine Gitarre, schiefer Gesang, Mädchen seufzten, lästerten, träumten und kicherten, fielen theatralisch in Ohnmacht, lehnten sich zum Fenster hinaus. Aus dem Gemenge heraus lösten sich Paare, die am Samstag Glanz in die Tanzabende im Gemeindesaal brachten.

Reginaldo hatte, nun volljährig, zur großen Erleichterung meiner Eltern, um Weihnachten herum verkündet, dass er mit Rejane Schluss gemacht hätte – eingesehen, »Ja Mutter, du hast mich gewarnt ...«; »Junge, das Herz einer Mutter irrt nie ...«; mein Vater seufzte: »Gott hat mein Flehen erhört!« Gestört hätte sie weniger, sagten sie, dass Sá-Ana schwarz wie die Nacht war – ihre Tochter war schließlich mehr milchkaffeebraun, also Mulattin –, sondern, dass sie im Garten hinter ihrem Haus in der Nähe von Zé Pintos Gasse einen Macumba-Tempel betrieb. Mit der Hautfarbe hat das nichts zu tun, stellte meine Mutter klar, aber diese Leute lassen sich mit Sachen ein, von denen sie die Finger lassen sollten, Hexerei, der Leibhaftige, Gott bewahre!, und hob die Augen zum Himmel, bekreuzigte sich und drückte ihre Lippen aufs Kruzifix, das sie stets um den Hals trug. In Paraíso stürzte sich Reginaldo, kaum hatte er den nach Öl stinkenden Blaumann abgestreift, bis über beide Ohren in Arbeit am Haus: Fegte den Garten dahinter mit Reisig, den meine Mutter am Nachmittag im Gelände schnitt, stöberte mit der Giftspritze auf dem Rücken über die Hänge, den Ameisennestern auf der Spur, fasste Baumsetzlinge mit zurechtgeschnittenem Fahrradschlauch ein, kümmerte sich um die Pumpe, die Wasser aus einem sechzehn Meter tiefen Brunnen in den Behälter auf dem Dach transportierte, sah zu, dass sich keine Ventile verschluckten. Dann duschte er, schlang schnell ein Brot mit etwas Butter herunter, ein Glas Milch mit Kakao, putzte sich die Zähne, legte sich aufs Bett und schaltete das rote Semp-Radio ein, drehte und drehte, bis er einen Kurzwellensender gefunden hatte, in dem um diese Uhrzeit noch etwas auf Portugiesisch lief, unterwegs über unaussprechliche Sprachen stolpernd, seltsame Geräusche, exotische Musik, undefinierbare Töne ...

Wir schliefen im selben Zimmer, und zwischen unseren Betten war ein von labyrinthischen Termitengängen durchzogener Nachttisch, in dessen sorgsam verschlossener Schublade er einen Nagelknipser, Brillantine, seinen Rasierpinsel, den Rasierhobel, eine Schachtel Rasierklingen, eine Tube Rasiercreme, Aqvavelva, ein paar Ampullen Duftwasser »Prinz der

Nacht«, ein Taschenmesser, eine Wasserpumpenzange, eine Schieblehre, eine Lupe und eine Brieftasche mit Plastikfächern für Dokumente aufbewahrte. An der Wand gegenüber teilten wir uns einen Esszimmerschrank, in dem wir zusammengelegt unsere Kleidung verwahrten.

Eines eiskalten Morgens im Mai, noch vor Sonnenaufgang, schreckte ich hoch, ein Gezeter im Hühnerstall, das Herz polternd wie Faustschläge, über den Rücken ein Schauer, die Beine weich und ein Summen im Kopf, stocksteif auf dem kalten Zementboden, umgeben von so dichtem Nebel, dass man ihn zwischen den Fingern hätte zerreiben können, Dämmerlicht, kein gutes Gefühl, weit aufgerissene Augen, Entsetzen, und hörte von Weitem, die Batterien waren schon schwach, diese Stimme, säuselnd aus einem Meer von sich überlagernden Wellen, *»Radio BBC, dir(...) London (...) portugiesische (...)dung (...)eue Anweisungen (...) Cataguases. Der Ang(...) laut Agenten der Ci(...) warten (...) Osten, Geschwade(...)«*. Und mit einem Schlag aus dem Hinterhalt überwältigte Stille die Welt, alles wurde zu klebriger Flüssigkeit, zäh, unheilvoll, finster, die sich langsam fließend über sich selbst ergoss.

Ganz früh am Morgen der Wecker. Meine Mutter stand auf, öffnete die Küchentür, füllte am Wasserhahn über dem Wäschetrog Wasser in den Milchtopf, kam wieder zurück, löffelte Zucker hinein, zündete eine Flamme am Gasherd an, stellte den Milchtopf darauf, kam ins Zimmer und murmelte: »Reginaldo!, he, Reginaldo!, Fünf Uhr!«, ging ins Wohnzimmer, flüsterte, »Mirtes!, he, Mirtes!, Fünf Uhr!«, ging zurück in die Küche, gab Maiskörner in eine Dose, ging hinaus auf den Hof, rief die Hühner zusammen. Puuut-put-put-put, Puuut-puput-put, Vater hustete ... dann ... Kaffeeduft ... meine Schwester mault ... mein Bruder zieht seine Schublade auf ... es riecht nach geröstetem Brot »... eiskalt ...« »... Dieses Jahr ...« »... ist dann fällig am ...« Klackern der bunten Speichenputzer an Reginaldos Fahrrad ... Mirtes' Holzpantinen ... »Dein Segen, Mutter ... Dein Segen, Papa ...« Meine Haut brannte unter dem, was ich anhatte, Schweiß tränkte das Stroh der Matratze. Das ist der Tod, dachte ich. Feuer. Wasser. Der Tod. Ich nahm Melhoral und nahm Novalgin, nahm Grippemittel und Metamizol, trank Tee aus Orangenbaumblättern und Vernonia, und dann ließ das

Fieber nach, meine Muskeln waren wie durchgewalkt.

Nach dem Mittagessen, Mutter: »Ich gehe nur auf einen Sprung in die Stadt, einkaufen, bin gleich zurück«, schlief ich wieder ein, behaglich im Magen einen Teller Maisbrei. Wind fegte hinter dem Haus durch den Garten: wehte das Holzbrett zu Boden, das am Wasserloch trocknete, wirbelte Staub von der trockenen Weide auf, wehte Späne umher, scheuchte die Hühner auf, wie lange wohl noch, dieses Hin und Her? Mein Kopf lag im Schoß meiner Mutter. »Er fantasiert, Tião, ich mache ihm Melonentee. Das arme Kind.« Ich klammerte mich an den Arm meines Vaters, »... sie greifen an ...«, »Wer denn, mein Junge, wer greift an?«, »Sie ... mit den Flugzeugen ...« »Was ist denn das wieder für eine Geschichte, mein Junge?« »Im Radio ... der Mann hat gesagt ... im Radio ...« Er legte mir seine Hand auf die Stirn, »Beruhige dich, es ist alles gut ... Ganz ruhig ...«, und brüllte nach meiner Mutter, »Eni, komm schnell ... der Junge ... das Fieber ...«

Nach dem Schreck tauchten wir ein in die bläuliche Ruhe des Junis und im Juli in die gemächlichen Ferien.

In der zweiten Woche zurück in der Schule, August, grübelte ich nachmittags auf dem Hügel über einer Ameisenstraße, so unglaublich organisiert, diese schwarzen Wege, eine Spur in jede Richtung, wo wohl der Eingang war, dieser gewundene Pfad in die Tiefen der Erde, um sie, sobald ich es wusste, bekämpfen zu können, da plötzlich erinnerten mich die vereinzelten Wolken in rosablau, die sich gemächlich nach Süden ausbreiteten, an Flugzeuge, Motorengeräusch ... eines Nachts ... Radio ... nein, das war gar kein Albtraum gewesen, ich hatte nicht fantasiert ... Cataguases würde ... tatsächlich ... bombardiert! Ich galoppierte den Abhang hinunter und rannte, als ich in die Küche stürmte, fast Reginaldo um, »Immer in Eile, der Junge ...«. »Reginaldo ...« »Was ist denn passiert?« »Es ist ... Nichts ... Ach nichts ...«

»Was ist denn, mein Junge, was hast du?«, fragte Mutter und hängte die Weißwäsche auf.

»Nichts, Mutter, nichts.«

»Junge, du sollst deine Mutter nicht anlügen ... Du bist immer so ... durcheinander ... so traurig ... Gefällt es dir nicht, unser neues Zuhause?, ist es das?«

»Nein, Mutter ...«

»Also dann ... Du bist verliebt! Ich hab's gewusst! Richtig, das ist es?«

»Hör auf, Mutter! Das ist es nicht! Ernsthaft, Mutter ... ganz ernsthaft ... Das ist kein Spaß ...«

Meine Mutter schüttete den Rest Seifenwasser, der sich am Boden der Schüssel gesammelt hatte, ins hohe Gras, wischte sich an ihrer bekleckerten Schürze die Hände ab und baute sich vor mir auf.

»Junge, was ist los?«

Ich versuchte mich herauszuwinden, doch sie fasste mich am Arm, schaute mir fest in die Augen.

»Antworte, Junge! Was ist denn passiert, um Himmels willen?«

Als die Familie um den Tisch herum saß, bat mich mein Vater darum, allen mitteilen zu dürfen, was ich wusste.

»Ich habe doch schon gesagt, Vater ...«

»Sag es noch einmal ... Reginaldo und Mirtes haben es noch nicht gehört.«

Verlegen, die Augen gesenkt, schüchtern, *Sie werden mich auslachen ... lachen ...*, stammelte ich, »Ich hab es ... im Radio ... gehört ... Bomben ... wollen sie auf Cataguases werfen ... alle sollen es ...«

Reginaldo schlug mit der flachen Hand auf den Tisch:

»Was denn für ein Radio, Mann! Der Junge spinnt, Vater, der denkt sich ein Zeug aus ...«

»Wenn du mich fragst, ist er nicht richtig im Kopf«, sagte Mirtes.

Ich zischte ab Richtung Bolzplatz, ein planiertes Gelände hoch über Paraíso, wollte am liebsten nie mehr einen Fuß in das Haus setzen, war wütend auf Reginaldo und Mirtes, die wohl nicht einmal meine richtigen Geschwister waren, höchstens Stiefgeschwister, jawohl!, nahm den Weg, der den Hügel hinaufführte, zerklüftet vom Regen, der Kies drückte sich seitlich an den Gummilatschen vorbei in meine Füße, ein Elend, schwindsüchtige Häuschen krallten sich in die bröselige, gelbliche Erde, Zementdächer ebenerdig zur Straße, Schweinegestank aus den kleinen Verschlägen, ein Maniokbeet, ein Streifen dürres Gemüse, auf einer Fensterbank ausgestreckt eine Katze, eine andere zusammengerollt auf dem Teppich vor einer Tür, zwei Jungen tollten im Staub vor dem kleinen Haus herum, Hunde, Hund, Hunde, bissige, blöde, bellende, schüchterne, winselnde, misstrauische, knurrende, giftige, grimmige, räudige, alberne, bösartig, schwanzwedelnd, kupiert, mager, mit geblähten Bäuchen, hinkend, mit Schlappohren, knochig, verdreckt, tranäugig, weiß, schwarz, gefleckt, gelb, grau, gestreift, schwarz-weiß, matt, rot, wie Zebras, maskiert, morastig, zimtfarben, bleifarben, schmutzig, stinkig, halbtot, Hunde, Hunde, Hunde, Hunde, alle auf der Straße, und weiter ging ich, die Abstände zwischen den Dächern vergößerten sich, hier ein Verschlag, dort ein Regendach, unten am Ufer des Pomba lag Beira-Rio, ich schlug mich in die Büsche, einmal war ich dort mit meiner Mutter gewesen, Brennholz schlagen, an einer Stelle, wo sich in Wipfeln die Blätter umschlangen, die Sonne nur mühsam ein paar dürre Strahlen auf spärliches Unterholz regnen ließ, *»Mutter, gibt es hier Wölfe?« »Ach was, Junge«*, kletterte auf einen Pitangabaum, stopfte mich voll mit den roten Beeren, dämmerte in der Stille dahin, die Augen verzaubert von funkelnden, durch die Luft wabernden Serpentinen und merkte gar nicht, wie sich schließlich die Nacht über den Abend legte.

Zweimal ging ich an unserem Haus vorbei, traute ich mich?, der Duft nach gedünstetem Knoblauch für den Maismehlbrei, dazu die Aussicht, mich waschen zu können, mich umziehen, ein warmes Bett, überzeugten mich schließlich. Zögernd schlich ich mich vorsichtig in die Küche, Mutter, als hätte sie es geahnt, griff mein linkes Ohr, schimpfte »Wo hast du dich rumgetrieben, du Miststück?«, »Au, Mutter, mein Ohr!«, »Wir haben uns Sorgen gemacht, Junge!«, brüllte sie mit blutleeren Lippen, »Willst du mich umbringen vor Sorge, ja?«, fuchtelte vor meinem Gesicht mit dem Finger, »Ab ins Bad, aber sofort!«, dazu ein Klaps auf den Hintern, »Dein Vater ist außer sich! Hat die ganze Stadt auf den Kopf gestellt ... nichts! Wo hast du dich rumgetrieben, na?, Teufel noch mal! Wo? Bei den Pitangabäumen? Allein? Was hattest du da zu suchen? Na? Meine

Güte! So sind sie ... die Kinder ... Ach je!« Beim Abendessen mit Hundeblick, Reginaldos Gleichgültigkeit, Mirtes' Grinsen, die wortlose Strafpredigt meines Vaters, die schlimmer brannte als Prügel mit Quittenreisig.

Mitte Oktober riss mich das Summen des Radios aus dem Schlaf. Um Reginaldo nicht zu erschrecken, kroch ich auf allen Vieren den Apparat suchen im Dunkel der Nacht, bekam ihn zu fassen, zog ihn heran und setzte mich auf die Bettkante, suchte nach dem Knopf zum Ein- und Ausschalten, doch bevor ich ihn finden konnte, hörte ich klar und deutlich »Hier Radio BBC, London, eine Sendung auf Portugiesisch. Es folgen neue Instruktionen für die Bevölkerung von Cataguases: Der deutsche Angriff soll nach neuesten Informationen der CIA Ende Dezember erfolgen. Aus östlicher Richtung wird ein Geschwader Ihre Stadt gnadenlos bombardieren, um den Einmarsch der Kavallerie und der Infanterie vorzubereiten. Wir wiederholen: Halten Sie sich bereit!« Mein Körper ein trudelnder Kreisel, mein Herz pochte Faustschläge, meine Wirbelsäule bekam Gänsehaut, die Beine weich, Dröhnen im Kopf, Dunkelheit, mit weit aufgerissenen Augen stürzte ich durch den Vorhang, der die Küche vom Schlafzimmer meiner Eltern trennte, stolperte hinein, »Was gibt's?« »Ich bin's, Mutter ...« »Was ist, Eni?« »Vater, ich bin's ...« »Komm her, Junge ... was ist denn passiert?« »Mutter ... Vater ... ich ... ich ... ich habe ... das ... schon wieder gehört ...« »Das mit dem Krieg?«, Vater aufgeregt, steckte sich sein Gebiss in den Mund, »Ja ... der Krieg ...«, antwortete ich und kuschelte mich zwischen die beiden.

Am Tag darauf begann mein Vater eine Pilgerschaft durch die zuständigen Stellen, um sich Gehör zu verschaffen: Der Bürgermeister Dr. Manoel Prata: in Juiz de Fora, »Gesundheitsbedingt«, sagten sie ihm, »Wann kommt er zurück?«, »Kann ich nicht sagen«,
Stadtrat Levindo Novaes, ein Bekannter vom Sehen, hörte ihn an, hastig, und grüßte dabei im Vorbeigehen die Leute auf der Rua do Comércio, »Herr ... Sebastião? Sebastião! Senhor Sebastião ... ich finde das alles tatsächlich ... wie soll ich sagen?, recht seltsam ... einigermaßen ... absurd ... Aber Sie können beruhigt

sein, in einer der nächsten Sitzungen will ich versuchen, es auf die Tagesordnung zu bringen ... Sie können sich darauf verlassen ... Gut, Herr Sebastião, ich muss dann mal weiter ... Falls noch was ist, zögern Sie nicht ... Jederzeit ...«;
Pater Heraldo von der Sankt-Josef-der-Arbeiter-Kirche führte meinen Vater zur Tür der Sakristei, legte ihm seine Hand auf die Schulter und sagte lächelnd, »Herr Sebastião, das ist Fantasie ... reine Fantasie Ihres Jungen ...«;
Zé Pinto, sein nur allzu guter Bekannter, »Der Junge braucht Senge, ordentlich Pfeffer auf die Backen, dann hört er schon auf, Lügengeschichten zu erfinden. Und hier, wollen Sie einen guten Rat?, warten Sie nicht zu lang, denn später ... später kann es sein, dass es nicht mehr ... Lassen Sie es sich gesagt sein ...«;
Der Bürgermeister, Dr. Manoel Prata: in Belo Horizonte, »In dringenden Angelegenheiten ...«, erklärte man ihm, »Wissen Sie, wann er zurückkommt?«, »Kann ich nicht genau sagen«;
Der Direktor der Schule, Professor Guariciaba dos Reis hinter einem riesigen Jacarandá-Tisch eingerahmt zwischen einsamer Leere und einer kleinen griechischen Gipsbüste, »Senhor Sebastião ... Senhor Sebastião ... Lassen Sie mich zunächst eines klarstellen: Seit sie 1945 den Zweiten Weltkrieg verloren haben, wohlgemerkt 1945!, haben die Deutschen nicht einmal mehr eine Armee ... Und wäre es nicht so, überlegen Sie mal, Senhor Sebastião, wäre die Nachricht gewiss schon, mindestens, dem Präsidenten der Republik bekannt, da sind wir uns doch einig? Außerdem, einmal ganz unter uns, hätte jemand tatsächlich die Absicht, Brasilien anzugreifen, warum dann ausgerechnet zuerst Cataguases?, wie?, Herr Sebastião, erklären Sie mir mal, warum ausgerechnet Cataguases? Hören Sie, Ihr Sohn ist ein guter Schüler, arbeitsam, artig ... wäre es nicht vielleicht angebracht, Sie, Herr Sebastião ... würden mit ihm einen Arzt aufsuchen ... einen Psychiater ... vielleicht nur eine Kleinigkeit ... eine winzige Maßnahme, und schon hat es sich erledigt ... Wenn Sie möchten ... es gibt da einen guten Arzt ... auch für Kassenpatienten ... Das Problem ist, Termine zu bekommen ... aber ... wenn Sie sich früh in die Schlange stellen ... Sein Name ist Doktor Gilson Machado ...«;
Der Polizeichef, Doktor Aníbal Resende gab meinem Vater die Hand ***(mein Freund)*** »Herr Sebastião, danke, dass Sie unserer

Vorladung gefolgt sind. Das macht mir noch einmal deutlich, dass alles nicht mehr als ein Missverständnis ... also, dann wollen wir mal Licht in die Sache bringen ... **(steckt sich eine Zigarette an)** Setzen Sie sich, Herr Sebastião, machen Sie es sich bequem. Gut, um nicht lange herumzureden, Herr Sebastião, gleich zur Sache: ***(ironisch, neuer Tonfall)*** was ist das verdammt noch mal für eine Geschichte, die Sie da rumerzählen, Senhor Sebastião, dass Cataguases von Deutschen angegriffen werden soll? Wer denkt sich denn so einen Mist aus, Senhor Sebastião? ***(verständnisvoll, leiser)*** Herr Sebastião, lassen Sie mich Ihnen eines erklären: Sie und Ihre ganze Familie sind aufrechte Leute, bekannt, ordentlich, pflichtbewusst, jeder weiß das ... Aber haben Sie schon mal von Kommunisten gehört? ***(belehrend)*** In unserem Land gibt es Leute, die hier Angst und Schrecken verbreiten wollen, Bruderkriege, ***(seine Stimme wird lauter, Schweiß rinnt ihm von der Stirn)*** **(Hände gestikulieren theatralisch)** wollen Sie, dass Brasilien in die Hände von Kommunisten fällt, Russen?, Senhor Sebastião, Russen!, wo die christlichen Werte nichts mehr wert sind, wo die Männer ihre Frauen mit ihren Freunden teilen, Töchter mit ihren Vätern verkehren, Priester aus Spaß an der Freude gehenkt werden, wo kein Gesetz herrscht, sondern Anarchie, Unordnung, Unmoral ... ***(brüllt)*** Diese Kommunisten, Senhor Sebastião, verbreiten Gerüchte wie dieses, das Sie hier verbreiten, um Panik zu schüren, Unordnung, Misstrauen ... ***(schlägt mit der Faust auf den Tisch)*** **(Steht auf, steckt sich die nächste Zigarette an, beruhigt sich wieder)** Senhor Sebastião ... Senhor Sebastião ... ich möchte Sie etwas fragen und hätte gern eine ehrliche Antwort von Ihnen. **(schaut meinem Vater direkt in die Augen)** Senhor Sebastião, kennen Sie vielleicht einen Kommunisten? Haben Sie schon einmal einen gesehen? Nein? Wissen Sie, wer Kommunist ist? Nein? **(Setzt sich, wischt sich mit einem Taschentuch übers Gesicht, stopft sich das Tuch wieder in die Gesäßtasche)** ***(spöttisch)*** Wir auch nicht, Senhor Sebastião ... Nicht einmal wir, die Polizei ... Und wissen Sie auch, warum? Weil es den Kommunisten nicht auf der Stirn geschrieben steht ... Wie kann ich denn wissen, dass Sie, Senhor Sebastião, nicht sogar selbst Kommunist sind, wo Sie sich doch verhalten wie einer? Gut, geben wir Ihnen also noch einen Vertrauensvorschuss, Senhor

Sebastião. ***(streng)*** Also, ab heute ist es Ihnen untersagt, also verboten, verstehen Sie?, auch nur den Mund aufzumachen, um darüber zu sprechen. Verboten! Und noch etwas: Wir werden vorübergehend alle Radios und Fernsehgeräte beschlagnahmen, die Sie im Haus haben ... ***(brüllt)*** Das ist mir doch völlig egal! Dass Sie den Fernseher noch nicht abbezahlt haben, das ist Ihr Problem! Ich meine es gut mit Ihnen, Senhor Sebastião, ich weiß nicht, ob Ihnen das klar ist? **(Steckt sich noch eine Zigarette an, zieht ein Papier aus der Schublade)** ***(die Stimme nun sanfter, vertrauensvoll)*** Sie haben einen Sohn, Senhor Sebastião ... Reginaldo?, Reginaldo ... Ich hatte mal einen Onkel, der Reginaldo hieß ... Also, der Reginaldo, der arbeitet doch bei Manufatora, nicht wahr? Und Sie haben eine Tochter ... Mirtes ... Mirtes arbeitet im Stofflager bei Industrial? Gute Arbeit, nicht wahr, Senhor Sebastião, gute Anstellungen! Die Kinder sind auf einem gutem Weg, Gott sei Dank ... ***(mitfühlend)*** Nun, es gibt Leute, die einen Eid darauf schwören würden, dass Sie Kommunist sind, nur um zu sehen, wie Ihre Kinder entlassen werden, nur um zu sehen, wie Sie Schwierigkeiten bekommen ... Was ist das für eine Welt, Senhor Sebastião, was für eine Welt! ***(freundlich)*** Ach, und vergessen Sie nicht, den Jungen zum Psychiater zu bringen, wie es Ihnen Professor Guaraciaba geraten hat ...«;
Der Psychiatriearzt, Dr. Gilson Machado sagte mir, ich solle draußen warten, und wandte sich an meinen Vater, »Der Junge hat anscheinend eine Neigung zu ... Schizophrenie ... Wahnvorstellungen ... Lassen Sie uns das beobachten ... ein Auge drauf ... Sehen, wie es weitergeht ...«

Hatten wir einen Blick auf das Glück werfen können?

Meine Mutter fiel in sich zusammen. Saß nachmittags in ihrem Wohnzimmersessel, die Tür offen, kein Lüftchen verscheuchte die Hitze, glanzlose Augen starr auf das Stickmuster der Tischdecke gerichtet, das Tischchen, auf dem bis vor Kurzem, weißt du noch?, der Fernseher gestanden hatte, unser Fernseher, der noch nicht einmal abbezahlt war. Und dann versuchten ihre schmalen Hände, fleckig und rissig vom Reiniger, das sonnengegerbte Gesicht zu verdecken, Mein Gott, steh mir bei!, versuchten zu begreifen, was geschehen war, welches Übel ihr Heim, ihre Familie befallen hatte, welche Kraft nun das alles zu Boden zu reißen drohte, was sie ein Leben lang aufgebaut hatten, was nur, Gott, was geht hier vor, was? Es wollte ihr nicht in den Kopf, warum Nachbarinnen sie nun plötzlich mieden, Freundinnen ihr auswichen, die Kinder auf der Straße hämisch mit dem Finger auf sie zeigten ... Wussten sie etwas, das sie nicht wusste? Warum sagte es ihr niemand?, warum? Als hätte sie eine schlimme Krankheit, böses Blut, so jedenfalls fühlte sie sich, stand auf, seufzte, suchte aus dem Fenster heraus nach Erklärung, auf der Wäscheleine die trocknende Wäsche, im Schrank welche, die noch zu bügeln war, Abendessen war noch zu machen, Staub breitete sich auf dem gelben Fußboden aus, dünn war sie geworden, abstoßend, ungekämmt, immer dickere Krampfadern, »Tião ... der Junge ... ist der Junge verrückt? Ist er verrückt?«

Mein Vater verlor jede Freude. Ließ die Tage verstreichen zwischen den Wänden und dem kühlen Boden seines Gemüseladens, entzifferte mühsam die Zeitung vergangener Tage, in die er Gemüse und Obst wickelte, vergraben in zorniger Stille, den Dingen der Welt immer mehr abgewandt, kippte am Ende des Nachmittags schon einen Schnaps an der Bude, kaute auf Häppchen herum, auf Jiló, bunten Eiern, Wurst, auf Geschwätz, Zigaretten, lauschte den Neuigkeiten derjenigen, die von der Arbeit bei Industrial kamen, um sich dann tief in der Nacht am Verputz unseres Häuschens die Arme aufzuschürfen, nach Alkohol stinkend, die Kotze nur mühsam zurückhaltend, gegen die Träume, die am nahenden Morgen hereinzubrechen drohten.

Reginaldo war wieder mit Rejane zusammen – »Hexenwerk« sagte Mutter bestimmt –, sprach sogar schon von Hochzeit, Verlobung, neuen Möbeln, einem gemeinsamen Dach ... Und Mirtes hatte sich überlegt, es doch mit einem ihresgleichen zu versuchen, vielleicht doch nicht so schlecht ...

Mutlosigkeit überall.

Wie ließ sich das Unglück erklären, wie?

Die Zeit drängte, ich ging von der Schule.

Mit einem Meißel zeichnete ich unter meinem Bett, zum Verdruss meiner Mutter, ein dreißig Zentimeter großes Quadrat. Mit einem Grabeisen stemmte ich dann das Loch auf. Zu

Anfang bekam ich noch blutige Blasen, die Arbeit ging weiter mit schorfigen Händen, nachts pochte es in meinen Muskeln, mein Kopf brannte, mein Magen rumorte, es nagte an meinen Nieren, die Zähne knirschten. Die ausgehobene Erde zerrte ich mit einem Zinkeimer, dessen Henkel ich an ein Seil band, an den feuchten Wänden entlang hoch, kippte sie in eine Schubkarre, ein, zwei, drei, vier, fünf Mal, bis sie voll war, schob sie dann hinters Haus, hinterließ Spuren im Zimmer und in der Küche und schüttete, wo früher einmal ein Gemüsebeet gewesen war, einen Haufen auf. Und dann ging es zurück an die Arbeit. Als ich zwei Meter tief war, nahm ich mir eine kleine Hacke und grub nach den Seiten weiter, Tag und Nacht, besessen, wie irre, bis da eine Kammer war, eins zwanzig hoch, einen Meter breit, einen lang. Dann die Feinarbeit: Holzbohlen zum Abstützen der Decke, Bretter für den Boden, ein Stromkabel, meine Strohmatratze, mein Federkissen. Mit einem Blechdeckel verschloss ich den Eingang.

Das Kalenderblatt zeigte schon Mitte Dezember.

DAS UNVERGESSLICHE WEIHNACHTEN

Der Mann in Schlips und Kragen schlüpfte noch unter dem metallenen Rolladen durch, schreckte den Stiernacken auf, der hinter der Kasse die Scheine und Scheinchen und Münzen sortierte und instinktiv mit der Hand nach dem Haken aus Eisen griff, mit dem er sonst das Gitter vor dem Laden zuzog. Er nuschelte **Guten Abend**, sympathisch leicht angetrunken, **Noch auf?**, Dona Lucinha schickte nach kurzem Erschrecken den Jungen, der hoch auf der Leiter Kartons mit Kurzwaren verstaute, den Kunden bedienen und fuhr damit fort, den verglasten Verkaufstresen aufzuräumen, auf dem sich die Muster zur Ansicht türmten. Die Zeiger der Wanduhr stolperten über die Elf.

Unsichere Blicke tasten durch die Regale. **Ich hätte gern**, spuckte er zögernde Worte hervor, **Suche was ... was meiner Frau Freude macht ...** Stiernacken, Inhaber des Ladens und stattlicher einhundert Kilo, kaute auf Rechnungen herum, faltete Scheine zusammen und bündelte sie dann mit Gummiband. Dona Lucinha zum Rücken des Mannes, **vielleicht Blumen?**, magere, fleckige Hände gestikulieren, **Blumen!**, der Junge im Zaum seiner Müdigkeit, **Sind noch welche da.**

»Rosen?«

»Dahlien.«

»Dahlien. Ein Dutzend?«

»Müssten wir haben.«

»Janete wird es nicht glauben ...«

Der Junge schüttelte Stück für Stück zwölf weiße Plastikblumen aus, fast nicht zu sehen gesprenkelt mit Fliegenschiss, wickelte sie in rotes Zellophanpapier, band sie mit cremefarbenem Geschenkband zusammen und überreichte das ganze

Bukett dann den zitternden Armen, die sich nach kurzer Verhandlung über den Preis schließlich als Schatten wieder zurück in die undurchdringliche Nacht begaben. **Was für ein Typ!**, brummte der Stiernacken und befeuchtete mit der Zunge den rechten Zeigefinger, um noch einmal die Tageseinnahmen zu zählen. Mit einem Besen aus Rosshaar scheuchte Dona Lucinha den Staub durch den noch einmal einen Spalt weit hochgezogenen Rolladen auf den Bürgersteig. **Der Junge kann gehen, oder, Nilton?**) Der Junge, Fernando, war hinter dem Tresen gelandet, er und zwei Mädchen, als Ende November der Stiernacken einträgliche Weihnachtsgeschäfte gewittert *Kannst du rechnen?*, Er nickte, *Man darf da nicht schüchtern sein in der Branche!* und ihn zu seiner rechten Hand erklärt hatte. Dona Lucinha und die Mädchen machten den Laden am Morgen auf, die Abendschicht übernahmen der Stiernacken und Fernando. **(Na klar ...**

Der Stiernacken verpackte die Geldbündel in Zeitungspapier und verstaute sie auf dem Grund einer schwarzen Ledertasche. Dann folgten die Münzen, zu kleinen Türmchen zusammengebastelt mit Tesafilm. Dona Lucinha hatte alles auf dem hölzernen Tresen bereitgelegt, **alles?**, ein Seidenkopftuch grau meliert, weiße Unterhose Typ Boxershort, Knopffußballspiel Botafogo, Schminkdose, ein VW-Käfer zum Aufziehen, rechnete alles zusammen, **Ein bisschen drüber**, und hielt dem Stiernacken die Summe hin. Seine Hand überprüfte und segnete ab, **Bisschen mehr als ausgemacht war, aber ...**

Der Schlitten des Weihnachtsmanns im tiefroten Himmel begrüßte Geschenk für Geschenk, das Fernando in einer Papiertüte verstaute, **Ich glaube ... Los, geh,** sagte Dona Lucinha, **sonst verpasst du noch alles ...** Der Junge wandte sich noch einmal um, **Frohe Weihnachten, Dona Lucinha, Frohe Weihnachten, Senhor Boi,** und schlurfte mit müden Beinen. Schob das Rollgitter bis zur Hälfte hoch, und der warme Sommernachtshauch durchdrang sein Tergal-Hemd. **Junge! Junge!**, brüllte der Stiernacken und kam raus auf den Bürgersteig, **Hier, noch eine Kleinigkeit**. Fernando nahm das kleine Päckchen entgegen, Glück auf den Lippen, stopfte es in die Tasche seiner Arbeitshose, schloss sein Bristol-Fahrrad auf, hängte die Tüte an den Lenker, schwang sich auf den Sattel, trat in die

Pedale und verschwand balancierend im Blinken der elektrisch bestirnten Nacht.

Die Reifen holperten über das Kopfsteinpflaster, entlang einsamer, lichtergeschmückter Fassaden, Geschäfte, Häuser, Straßen, passierten den Bahnhof, die Einkaufsstraße, vorbei am Gefängnis, über die Neue Brücke, den kleinen Platz, Vila Teresa, den langen Abhang entlang, Beira-Rio, kauten sich im Dunkeln den sandigen Staub über die Rua da Mina hinauf, die vom Regen ausgewaschenen Rinnen der Rua das Mangueiras, die Stille, durchzogen von Zirpen der Grillen, Froschquaken und einer Lawine von Bellen und Jaulen, endlich Chácara Paraíso.

Erschöpft schwang sich Fernando das Rad über die Schulter und stieg die Treppe bis hinters Haus hoch, verschnaufte kurz unter dem Eternitdach, kettete sein Fahrrad an, nahm die Tüte und schob vorsichtig die Küchentür auf, die immer offen war, wie er wusste. Legte vorsichtig die Geschenke auf den Tisch, schlich mit seinen schwarzen Stoffturnschuhen über den glatten, grüngebohnerten Zement bis ins Zimmer und stieß dabei gegen einen Stuhl. **Nando?**, flüsterte die Mutter gequält, **Nando?**, zündete eine Kerze an und sah ihren Sohn auf dem Bett liegen. Doch im flackernden Kerzenlicht war auch das andere, leere Stockbett zu erkennen, **Mama, na nu?, wo ist Lilinho?, wo Nelson? Im Zimmer, bei mir ...** und der blau-violett angelaufene Fleck in ihrem geschwollenen Gesicht, **Schon wieder, Mutter?** Mit einem Sprung war er auf den Füßen, sofort wütend.

Ein blauer Schein breitete sich von der Flamme des Gasherds bis über das Plastiktischtuch, das vielleicht grün war, und das lebendige Rot der Geschenke darauf, **Nando, was ist das?**, sie zeigte mit dem Finger, Kreuzschmerzen, **Paar Sachen ... Geschenke ... für Weihnachten ...** hob den Deckel vom Teller mit Bohnen und Reis, Polenta, Fleisch, Ei, im Wasserbad warmgestellt auf dem Herd, **Ach du Lieber ...** ein paar Tränen im Ärmel, **sei ihm nicht bös, Junge ... dein Vater ist immer so dünnhäutig ... Hat mit Norma geschimpft ... und mit mir ... Hat wohl ein bisschen getrunken ... Bald schon ... Setz dich, dein Essen wird kalt ... Will nicht, Mutter ... ich will nicht ...**

Fernando ging, schlug sich in die blau schimmernde Dunkelheit, der kühle Nachtwind verscheuchte seine Müdigkeit.

Als er seinen Fuß auf den Rand der Zisterne stützte, lugte aus seiner Hosentasche das kleine Geschenk »**... Kleinigkeit ...**«. Er riss das Papier auf, und seine Finger ertasteten ein Taschenmesser: Flaschenöffner, Dosenöffner, Korkenzieher, Kreuzschlitz und Schlitzschraubenzieher, Ahle, Pinzette, Nagelfeile, kleine Schere ... die Klinge ...

TIEFE STILLE AM SONNTAGMORGEN

Baiano sah ein, dass er nicht mehr würde einschlafen können, stand auf, tastete mit den Füßen durch die Nacht, die noch immer in seinem Zimmer lag, nach seinen verbeulten Latschen. Aus dem Dunkel heraus ließ der kalte Juli seinen Körper erschauern. Er seufzte müde. Noch ein Tag ohne Schlaf, die Nerven angespannt, der Kopf leer, im Magen ein Brennen, das Denken in Trümmern, wie lange schon hatte er nicht mehr geruht! Er riss seine Hose vom Nagel in der Wand, schlüpfte hinein, zog unter dem Bett eine Pappschachtel hervor, fingerte mit schwieligen Händen nach dem weichen Pullover, zwängte ihn sich über. Tastete mit den Augen bis zur Küchentür, riss sie auf. Aus dem dämmerigen Licht über der Landschaft kamen schwanzwedelnd die mageren Rippen von Rex, der ihm freudig die Hand leckte, sabberte, er schob ihn weg, er kam wieder, schob ihn weg, er kam wieder, er stieß ihn, er kam wieder, da gab er ihm einen Tritt in die Seite. Beleidigt verzog sich der Hund ohne Murren in eine Ecke, verschwommen im Nebel, der über der Welt lag.

Das Tschilpen der Spatzen wirbelte den sich verspätenden Morgen auf.

Er ging zurück in die Küche, nahm sein Fahrrad, ein englisches 28er Humber, und lehnte es draußen gegen die Backsteinwand. Wusch sich am Wäschetrog das Gesicht, gurgelte, drehte den Hahn wieder zu. Wischte sich die Hände am Hosenbein trocken, stellte das kleine Batterieradio ein, Gevatter Edegar, *ico und Zeca mit »Sehnsucht nach der Heimat« von Goiá und Belmon,* die Musik quietschte lang über die unterste Stufe der in den Abhang gehauenen Treppe zur Straße hoch. Sein Blick führte ihn tastend zur Kammer, wo in einem Nest aus Matratzen und Decken auf grobem Zementboden aneinandergeschmiegt die vier Kinder schnarchten und die zwei Katzen, zum Aufwärmen ineinandergeschlungen, »Cláudio!«, flüsterte er, »Cláudio!«. Ein Häuflein bewegte sich, er berührte, was er für ein Bein hielt, »Cláudio, wach auf!«. »Hmm?« »Wach auf, Cláudio!« Der Junge wühlte sich aus den Tüchern, benommen, rieb sich das Gesicht bis zum Garten hinaus. Hockte sich ausdruckslos neben die Zisterne, Lider wie Blei, schwer, wirkte, als hörte er fern ... weit entfernt ... jemanden singen ... Rex kam heran, scheu, die Ohren angelegt, legte sich platt auf den Boden, den Kopf zwischen den Pfoten, noch immer sauer auf seinen Herrn.

»Cláudio, zieh deinen Pullover an«, sagte der Vater und scheuchte die letzte Spur Schlaf fort. Der Junge riss seine Augen auf und verschwand kurz im Dunkel des Hauses, kam wieder, genauso schnell, »Vater, wo gehen wir hin?«, Baiano, das Fahrrad über der Schulter, erklomm Stufe für Stufe die Treppe, der Junge und Rex folgten ihm.

Der Junge. Sein ganzer Stolz. Nicht, dass er sich nichts aus den anderen machte, aber der hier ist schlau, pfiffig, dachte er immer bei sich. Sein einziger Sohn, Zweitgeborener der ganzen Brut, achteinhalb Jahre im Mai und konnte schon jetzt mit Wörtern hantieren, der kleine Teufel. Er schämte sich fast, konnte selbst nur respektvoll mit Buchstaben umgehen, a, e, i schon, aber beim Aneinanderreihen von Vokalen und Konsonanten asthmatisch **S ... Scht ... Schtu ... h ... Ach so, Stuhl!** buchstabierte er und redete sich heraus »Die Augen!«. Nicht genug, dass er schlau war, das reichte ja schon, aber er war auch noch tüchtig! Kümmerte sich tags um die Schwesterchen, sang ihnen Liedchen, unterhielt sie mit Kleinigkeiten, Kühen aus Bittermelonen, einer Garnrolle, einer Rassel, Steinchen, Holzresten, ... Passte auch auf die Hühner auf, dass sie ihre Eier nicht woanders legten als in die Nester, die er ihnen weiter unten in den Hang gegraben hatte. Aus dem einfachen Hühnerstall, der Umfriedung aus Bambus und Stacheldraht, Strohdach, einer groben Stange zum Sitzen, nahm er Mist, um Salatköpfe, Kohl und Zichorie, Taioba, Jiló und Tomaten zu düngen, die er mit der Älteren der Schwestern gepflanzt hatte. Dienstags, donnerstags, samstags setzte er sich einen Strohhut mit Kordel ums Kinn auf und balancierte die Hügel von Paraíso hinab einen Korb auf der Schulter, pries **Frische Eier! Ge-mü-se!** an mit heller Stimme. Kam strahlend zurück, gab dem Vater die abgegriffenen Scheinchen, ein paar klebrige Münzen, erklärte erwachsen »Wenn mal Not ist«, Schweiß auf der glänzenden Stirn. Nachmittags grübelte er in der provisorischen Schule im stickigen Gemeinderaum der Heiligen-Jungfrau-von-Fátima-Kirche unten in Beira-Rio. Die Lehrerin, dürr und mit trauriger Brille, hatte einmal an der Tür zu ihm gesagt: »Herr Marcos, der Junge hier, der versteht alles sofort!« Cláudio dabei über sein krauses Köpfchen gestrichen. Da wären Vater und Mutter vor Stolz fast geplatzt. Nach der Schule musste man ihn nicht einmal zwingen. Er zog sich um – legte die blauweiße Schuluniform schüchtern und sorgsam in der Kommodenschublade zusammen – öffnete seine Schultasche, holte Hefte, Bleistift, Radiergummi heraus und setzte sich hinter dem Haus in eine Ecke, wo noch Sonne war, und machte Hausaufgaben. Und wenn die Welt unterginge, erklärte der Vater stolz aus dem offenen Fenster und nahm noch ein Schlückchen vom Zuckerrohrschnaps, *Ganz die Mutter, so eifrig!*

Er scheuchte Rex fort, »Hau ab!«, klopfte drohend mit der Hand auf den Boden, »Lass ihn gehen, Vater!«, »Nein, dieses Vieh ist zu alt!«, schmiss einen Stein nach ihm, der ihn haarscharf verfehlte, »Zisch ab!«, der Hund trollte sich, den Schwanz eingezogen, verkroch sich im Busch hinter dem Häuschen. Er nahm sein Fahrrad, trat in die Pedale, Cláudio kam hinterher, krallte sich auf dem Gepäckträger fest. Die Reifen entrollten ihre lange Spur durch den Staub der unendlichen Trockenheit, kurvten durch Spurrinnen, Gräben und Risse, Furchen, Vorsprünge, Löcher. Der kalte Wind trieb dem Kind Tränen aus, Tautropfen schwitzten am Lenker, am Schutzblech, die geschwollenen Hände des Vaters versuchten zu bremsen, der Freilauf im Hinterrad schabte, wohin geht es?, fragte der Junge sich durch den dichten Nebel, die Nase, die Ohren gefroren, und schaute sich ab und an um, ob der Hund auch tatsächlich nicht hinterherkam.

Baiano hatte es nicht so mit richtiger Arbeit – auch das hatte wohl, dachte er jetzt, wo es eh schon zu spät war, zu seinem Niedergang beigetragen. Von Anfang an hatte er sich mit den Chefs angelegt, nicht aus Angst, anzupacken, die hatte er nicht, sondern aufgrund einer gewissen Unwilligkeit, sich ausbeuten

zu lassen. Lebte von der Hand in den Mund, Tagelohn, schlug sich durch, schaffte mal hier und mal da, was keine Anstellung brachte, keine Sicherheit, nicht pünktlich am Ende des Monats sein Geld. Senhor Chicão, sein Vater, ignorant, grob, missmutig, tobte über sein »Gammlertum«, wie er es nannte. Er kannte nichts anderes als dass gehorchen mag, wer nicht zu herrschen weiß. Scheuchte ihn, um ihn zu bessern, zügellos und besoffen bis in die hintersten Winkel der Stadt. Und wenn er ihn erwischte
wie er Vögel fing: Falle kaputt
Murmeln spielte: Hausarrest
im Fluss badete: Kopfnuss
sich prügelte: Ohrfeigen
Karten spielte: Ohren langziehen
paffte: ein Kniff in den Po, in die Arme
in Heften mit nackigen Frauen blätterte: Backpfeife
draußen im Feld Schweinereien trieb: Peitsche
schlechten Umgang hatte: Arschtritt
die Frauen auf der Insel besuchte: Faustschläge überall hin
(Anschisse, Flüche, Verwünschungen, Predigten, Schimpfen,
gegen Versuchung war kein Kraut gewachsen)
»Verdammt!« Schließlich schmiss er ihn raus, eines betrunkenen Samstagnachmittags, als der Tag längst den Zenit überschritten hatte und er, der Herumtreiber, immer noch schnarchte. »Verschwinde, du Elend!« Er zwang seine Mutter, seine paar Habseligkeiten – Sachen zum Wechseln – in eine Papiertüte zu stopfen und hatte diese dann wutschnaubend aus dem Fenster geworfen, ihn verstoßen, und Hemden, Hosen, Unterhosen und Socken hatten sich im Staub der barfüßigen Straße verteilt. Baiano hatte sich hingehockt und alles Stück für Stück eingesammelt, den Blick stier nach vorn gerichtet, um sich nicht dem schweigenden Spott aus der Nachbarschaft auszusetzen, war aus Ibrahim fort, ohne zu wissen, wohin.

In die Welt hinaus, träumte er. Eines Abends war er in Rio gestrandet, Meer!, Strände!, Häuser!, die Lichter!, die Christusstatue! Doch Arbeit fand er, hier gefragt, da gefragt, in Bangu, weit außerhalb, in einer Fahrradwerkstatt, Hitze, die Hölle, nach Öl stinkend, schmierte sieben Monate lang Radnaben, polierte Rahmen, Kugellager

säuberte Ketten in Kerosin
wechselte Felgen und Speichen und Tretlager, Zahnkränze und Pedale
zentrierte Räder
suchte in Schläuchen nach Löchern
tauschte Schutzbleche und Bremsbacken und Sättel und Reifen aus
schweißte Gepäckträger und Gabeln
prüfte, ob Klingeln gingen und Nabenputzer dran waren und Spiegel und Licht und Luftpumpen und Schlösser und Fransen am Griff
und lernte die Marken zu unterscheiden

»am besten die deutschen«: Opel! Göricke! Wanderer!;

»wenn du nicht die englischen kennst!«: Philips! Humber! Raleigh!;

»an die schwedischen kommen die nicht heran«: Hermes! Presidente! Monark! Vega!;

»nur ein Idiot würde ein Peugeot eintauschen gegen ...«

Auch zum Schnaps kam er in Bangu. War davor noch das Brennen bis tief in die Kehle zu spüren, Gänsehaut Zucken zusammengezogene Mundschleimhaut Bauch und Arme verkrampft – »ist am Anfang immer so« – umklammerte er schließlich, wenn sich der Nachmittag seinem Ende zuneigte und der Gesang der Sirene Arbeiterfahrräder aller Farben und Formen zu Hunderten über die Straßen, Gassen, Plätze und Hauptstraßen strömen ließ, am Resopaltisch wie ein Schiffbrüchiger eine Flasche. Nach der Arbeit, vierzig Grad, Schuhsohlen schmelzen ausgetreten auf glühendem Straßenbelag, die Landschaft flirrt in der heißen Luft, blieb er dort stundenlang, trank zum Geschwätz all der Trinkgefährten, kaute Fleischspießchen, Maniokmehl, bisschen gekochten Jiló, Speck, Scheibchen Wurst, Hühnerfuß, Hühnerhals, eine Krokette, eine Portion »feine« Rinderbrust oder Anchovi ...

Den fünfzehnten November jenes Jahres (neunzehnhundertsechzig? einundsechzig?) vertrödelte er in Cataguases. Auf der Praça Rui Barbosa war sein Blick zwischen einem Tütchen Popcorn und Eis am Stiel kurz vor der Halb-neun-Vorstellung im Cine Nello auf eine dunkle Mulattin gefallen, an deren Namen er sich nicht mehr erinnern will, er verliebte sich, wollte nicht mehr nach Rio zurück, meldete sich nicht einmal mehr bei der Arbeit ab; war mit gespreizten Flügeln herangegockelt, auch sie hatte interessiert gescharrt, das war's, Bangu, Fahrradladen, Pension! Tschüss Kollegen, Auf Wiedersehen! Geblieben war ihm die Erinnerung, die ihm niemand glaubte, an die Begegnung mit Ubirajara, Zózimo, Ademir da Guia, die er spielen und trainieren sah, sagte er, in Moça Bonita, »danach hielten wir immer ein Schwätzchen« in den Kneipen der Rua Sul América, »Ademir, winzig wie in kleines Kind, so vielleicht«, lallte er zur Belustigung der anderen Schnapsnasen, »ach der Baiano schon wieder!«.

Schweigend drangen sie in den wie stets ungenügenden Schlummer der niedrigen Häuschen von Beira-Rio, tauchten ein in den flatternd zwitschernden Sonnenaufgang der Parzellen von Santa Clara, die endlose Einöde der Sehnsuchtsgeraden, querten die Grenze zur Sabiá-Brücke. Alles still, sodass deutlich das Mahlen des Gummireifens im Staub zu hören war, und ein ungutes Gefühl schlich sich in seinen Kopf. Ein Habicht flog aufgeschreckt über sie hinweg, brachte sie fast aus dem Gleichgewicht. Wohin ging es?, fragte er sich voll Unruhe, während sie Orte durchquerten, von denen er vorher nicht einmal geahnt hatte, dass es sie gab, Gegenden mehr als durchsichtig.

Baiano konnte alles und machte von allem ein bisschen.
Belud und entlud bei Rodoviario Mineiro die Laster, Waren aus und für Rio de Janeiro, São Paulo, Belo Horizonte. »Das Kreuz hab ich mir damals ausgehängt ...«
Schaffte als Schuldeneintreiber für Ladenbesitzer aus der Rua do Comércio. »Hab mir nur Feinde gemacht ...«
Bei Industrial türmte er Baumwollballen aus dem Norden im Lager auf. »Keinem Christenmenschen mutet man so etwas zu.«
Schürfte aus den Tiefen des Rio Pomba Sand. »Die Gelenke habe ich mir ruiniert von der Kälte.«

Für die Drecksarbeit holte man ihn.
Um im Ruderklub in den abgelassenen Schwimmbecken Kacheln zu reinigen.
Im Colégio Cataguases in den Ferien die Vögel vertreiben.
Bei Flamenguinho als Kleiderwart für die Jugendmannschaft arbeiten.

Bei den Wahlen für Prata die Wähler heranschaffen und an der Urne aufpassen.
Ging in der Gasse Zé Pinto zur Hand bei der Instandhaltung seiner Häuser, Wände streichen, Dächer flicken, Balken ersetzen, Rohre legen, undichte Stellen suchen, Stromkabel ziehen, mähen, roden.

Und schon immer zog er Ertrunkene aus den gemeinen Fluten der Wasserfälle, Brunnen, Tümpel, Teiche und Staubecken, oder wenn Flüsse, Bäche, Gräben, Kanäle über die Ufer traten. Sein Stolz und nicht mit Geld zu bezahlen. Die verzweifelte Nachricht erhalten vor seinem Häuschen, das er mit eigenen Händen, Stein für Stein oben in Paraíso gebaut hatte, Mütter, Ehefrauen, Kinder, Verwandte, »Baiano, nur du kannst noch helfen«, und den erkalteten Körper aus Morast und Schlick befreit wieder den Seinen zurückgeben können zum würdigen Trauern. Er kam, zog ein Schnapsfläschchen aus der Tasche, ließ ein paar Tropfen in seinen Hals rinnen, wischte sich mit dem Handrücken über den Mund, spuckte zur Seite aus. Schaute im Hocken dann über das hinterhältige Wasser, nahm noch einen Schluck, zischte, *Also muss ich wieder ran. Willst den Jungen nicht freigeben? Das macht nichts. Ich komme und hole ihn*. Stand auf, nahm Maß, wohin und wie weit er wohl tauchen müsste, entledigte sich seiner Hosen, zog das Hemd aus, die Schuhe, streckte sich, holte tief Luft und ging hinein. Nur ganz selten gelang es ihm nicht. Manchmal hatte der Unglückliche sich verhakt in der Tiefe und er tauchte erst wieder auf, wenn schon fast seine Lunge platzte. Und manchmal war einer vom launischen Wasser verschluckt worden – für den gab es keine Beerdigung mehr.

Der Vater verhielt sich immer merkwürdiger, immer gereizter!, grimmig, wortkarg, launisch, fremd ... Gerade er, der doch gern Späße machte ... der Junge, die Lippen vor Kälte blau, von den Bäumen und Zweigen schüttelt sich Tau, raue Hände der Mutter streichen ihm wohlig über den Kopf, ihre Schürze stinkt nach Reiniger, trällert leise *ach, wär diese Straße / die Straße doch mein / ich ließe sie pflastern / ich ließe sie schmücken / mit kostbarem Stein / Steinen und Brillanten / denn du Schätzchen mein / sollst dich daran freu'n*, vor dem Haus picken Hühner, eins hinkt, um die Pfote ein Fetzen Stoff als Verband, fern murmelt ein Bambushain, **Mutter, ich hab dich lieb!**, eine Eidechse spaziert den Abhang entlang, eine Turteltaube pickt hopsend über die gerade gefegte Erde, Rabengeier kreisen im himmlischen Blau, das Glück hatte er auf dem Betondach versteckt, zwischen leeren Bierkisten und Colaflaschen, wenn die jüngeren Schwestern den Nachmittag zwischen Mückenschläfchen und Katzengeschnurr verschwitzen, die ältere ihre Uniform in die Schulbank zwängte, den Lockenkopf hübsch von Zöpfchen umkränzt, **Segen, Mutter, Gott segne dich, Kind,** Farben an der Leine flatterten, umschlingt die mageren Arme, kuschelt sich an, Vater wird kommen, wenn die Lampen brennen, Neuigkeiten mitbringen, bisschen Geld vom Stacheldrahtziehen in Paraíso unten, ein bisschen was aus einem Spielchen mit Zunga, ein paar Salmlerfische aus dem Fluss Meia-Pataca, paar Münzen als Umzugshelfer in Vila Teresa, lächerlich wenig fürs Roden in einem Garten im Zentrum ... Du ... immer noch ...

»Vermisst du ... deine Mutter noch?«, löst sich zögernd seine Stimme aus dem Dunst.

»Hm?«

»Hä?«

Der Vater hielt an, bockte das Fahrrad auf, nahm einen Schluck aus dem Flachmann. »Na?«

Der Junge war aufgewacht, aufgeschreckt, er hatte sich schon wieder eingenässt. Panisch, der Vater hatte ihn schon gewarnt, wenn das nicht aufhörte, schnitt er ihm den Pillermann ab, suchte nach der Zimmertür, stolperte über die Schwestern, die auf dem Boden schliefen. In der Küche sah er ihn am offenen Herdfeuer wachend ... Versuchte auf leisen Sohlen in den Garten zu kommen, die Stimme ertappte ihn, »Wohin, Junge?« Flüsterte starr, »Nirgendwohin, Vater«. Da hatte er losgebrüllt, mit der Faust auf den Tisch gehauen, erst da sah er, dass er betrunken war, »Marsch, zurück ins Bett, Dreckskind, es ist noch früh ...« Versuchte aufzustehen, stieß seinen Stuhl um »Verdammte Scheiße!« und war mit einem Hüftschwung zu Boden getrudelt, Arme und Beine weit von sich gestreckt. »Mutter! Mutter! Hilf mir doch! Mutter!« Und vom Fußboden aus hatte Vater mit blutigen Lippen wie irre gebrüllt: »Du hast keine Mutter mehr, du verdammtes Kind! Du hast keine Mutter mehr!« Die Mädchen waren aufgewacht, kamen schreckstarr im Schatten des langsam sich räkelnden Morgenlichts an.

Niemand hat je wieder von ihr gesprochen. Im Haus war ihr Name verboten. Großeltern, Vetter, Nachbarn, Freunde mieden ihn wie eine Krankheit und hörten zu flüstern auf, wenn die Kinder dabei waren.

Noch vor einem Jahr, an seinem siebten Geburtstag, hatte sie Backmischung angerührt und den Kuchen in winzige Stücke geteilt, die Schwester hatte aus dem Wasserkrug Sirup mit Traubengeschmack ausgeschenkt, draußen hatten die Kinder gespielt, ein schwarzes Jerseyhemd hatte er bekommen und die kurze Jeanshose, von Tante Zulmira, Mutter hatte sein Haar mit Fett glattgekämmt – Ballspielen, »Pass auf, Junge, du machst dich schmutzig!«, Fangen spielen, »Junge, hör auf zu rennen!«, Streit, »Junge, es reicht langsam!«, Schläge, »Ich hab's doch gesagt.« Der Vater hatte die erwachsenen Männer mit Schnaps mit Limone und Bier unterhalten, hinterm Haus schwadroniert »... weil man für alles das Wasser von unten heraufholen muss, Trinken, Kochen, zum Waschen ... Zum Spülen, zum Wäschewaschen musste sich die arme Frau hinhocken mit der Schüssel ... Da habe ich beschlossen ...« und auf den gerade erworbenen Waschtrog gezeigt. Und Pläne geschmiedet zwischen Maniokpflanzen »... stelle ich den Sicherungskasten, da braucht nur noch der Strom kommen, Kabel ziehen. Dann erst zur Beerdigung wieder Kerzen!« Im Wohnzimmer geträumt »... bei Zé Pinto, steht einer, tragbar, den hat einer als Pfand dagelassen und nicht wieder abgeholt, kann die Frau dann die Telenovelas sehen ...«

»Nein«, sagte der Junge, als pochte die gerade vernarbte Sehnsucht schon wieder.

Langsam trat Baiano ans Ufer des Rio Pardo,

(»Eine Nylonspindel.«)

winterlich, abgemagert, Steine und Sandbänke, das Flussbett weit draußen,

(»Drei Meter Angelschnur.«)

spürte die Kälte, *Eiskalt!*

Streifte die Salmler, kleine Welse, Traíras in den Waschbottich, »Cláudio bring mal ein Messer«, schuppte sie, nahm sie aus, streunende Katzen miauten, »Wo hast du die Fische gefangen, Vater?«, »Da bei der Sabiá-Brücke«, sein Atem roch bitter nach Zuckerrohrschnaps. »Sag deiner Schwester, sie soll sie in Maismehl panieren und braten.«

(»an die Kinder denken … Vier Mäuler zu stopfen …«)

schälte sich aus dem Pullover, dem Hemd, aus der Hose, den Gummilatschen. Im Sitzen sah er seinen Bauch in der Stoffunterhose sich vorwärts bewegen, wie er kreisend und schnaufend die Handgelenke eintauchte, den Kopf, sich hineinstürzte, Wassertropfen auf die Büsche am Flussufer spritzend, die Stille aufscheuchend.

»Komm rein, Cláudio!«

»Ich nicht, Vater, zu kalt!«

»Ach was, von wegen zu kalt! Komm!, ich befehle es dir!«

»Aber Vater, ich erkälte mich.«

»Einen Scheiß wirst du! Bist du ein Mann oder eine Memme?«

Baiano stellte sich hin, zeigte, »Hier, da, hier kannst du stehen.«

Er zog sich aus. Widerwillig. Zitternd.

Seine Fußsohlen stampften die Kälte im Strauchwerk, Schlamm, seine mageren Schienbeine zogen, er blieb stehen,

»Vater!«

»Komm!«

und atemlos bekam er am ganzen Leib Gänsehaut beim Kontakt mit dem Wasser.

Suchte bibbernd den Vater, versuchte, sich an ihn zu klammern, um seinen Hals, aber ihm schien, er entfernte sich immer mehr,

stieß sich wieder ab, wieder schien er sich fortzubewegen **Vater!** wollte zurück, bekam keine Luft **Vater!** warf sich ihm entgegen trat ins Leere schlug mit den Hände um sich

g
i
n
g
l
a
n
g
s
a
m

u
n
t
e
r
kam wieder hoch **Vater!** wand sich in Nase und Mund Wasser
w
i
e
d
e
r
u
n
t
e
r
kam wieder hoch **Vater!** Geier kreisten gemächlich im Himmelblau
w
i
e
d
e
r
u
n
t
e
r
wieder hoch
w
i
e
d
e
r
u
n
t
e
r

wieder hoch

w
i
e
d
e
r
u
n
t
e
r

Sanft schiebt die Strömung den Sonntag voran, treibt den Dunst über der Oberfläche auseinander.

(»Beim Schlafengehen denke ich, nicht aufgeben ... Kämpfe ... Die ganze Nacht wälze ich mich von einer Seite zur anderen ... Doch am Morgen ... habe ich wieder alles vergessen ...)

Baiano nahm den noch warmen Körper seines Sohns und zog ihn ans Ufer auf den stinkenden Morast. Band ihm eine Nylonschnur um den Knöchel und wickelte sich das andere Ende um den Leib. Prüfte, ob sich der Knoten nicht löste, und gab die Leiche dem Wasser zurück. Sie schwamm ein Stück oben, dümpelte etwas und ging dann gurgelnd unter.

(»Gevatter, vor ein paar Jahren hat mir einer ein Messer geschenkt, so eines zum Ferkelabstechen mit einer ganz schmalen Klinge, die den Viechern ganz leicht ins Herz geht ... Perlmuttgriff, ein echtes Schmuckstück, hat sogar eine Hülle. Wenn ich rauskriege, wo sie sich herumtreibt, Gevatter, ich schwöre beim Wohl meines Sohns, der mir das Heiligste auf der Welt ist, dass ich mich auf den Weg mache und sie erledige, Gevatter, ich erledige sie ...«)

Von der Astgabel des Sternapfelbaums ließ Baiano die Angelschnur abrollen, kletterte hoch, zog sie hinter sich her, machte sie sorgfältig am dicksten Ast fest, steckte seinen Hals in den am Vortag beim geduldigen Lauern auf die zuckende Angel erdachten Galgen und sprang ohne zu zögern. Die Nylonschnur spannte sich wie eine Spinnwebe zitternd gegen den Horizont.

WÄSCHE AN DER LEINE

Der blaue VW-Bus, ein 1200er, hatte an der Tür graue Arabesken, dafür war der letzte Fahrer entlassen worden. »Pfosten gestreift, der Idiot!«, jammerte Lino und streichelte über die Beulen, als seien es Wunden, »Da muss man doch aufpassen, mein Gott!, aufpassen!«. Er überflog den noch ganz neuen Führerschein, »Also morgen früh. Erst mal zur Probe, abgemacht?« Lalado nickte, steckte das Dokument in die Hemdtasche zurück und verließ, nur mühsam seine Freude in Zaum haltend, den Laden, hätte am liebsten jeden umarmt, der vorüberging, »Ich habe Arbeit, Mann!«, radelte schnell Richtung Rua do Comércio, umkurvte Autos, Pferdewagen, Karren, Fahrräder, Fußgänger, »Arbeit!«, stoppte, der Zug mit den Eisenerzwaggons stand im Weg, »Ich hab' Arbeit gefunden, jawohl!« Ja, es hatte sich gelohnt, all die Kopfnüsse und das Gemecker von Senhor Maurício im Sägewerk, »So ein bescheuerter Junge, Mann!« Wären die Anschisse nicht ... Während die anderen Kinder sich hinter dem Ball auf der Wiese vom Rock ihrer Mütter lösten, füllte er Säcke mit Sägemehl, Kleinholz. Während sie sich auf die wackelige Holzbrücke zur Insel hinüberwagten, um nach den Frauen zu schauen, schälte er Baumstämme und stapelte Bretter. Während sie sich auf Bänken im Park Ausreden überlegten, kämpfte er mit dem unsynchronisierten Getriebe des FNM-Lasters. Jetzt erntete er seinen Lohn dafür. Durch die ganze Stadt würde er fahren, Waren ausliefern, pünktlich am Monatsende Lohn bekommen, bald schon, bald das Monark-Fahrrad gegen eine Vespa eintauschen, oder, wer weiß, vielleicht sogar einen Käfer, warum eigentlich nicht?

Am Tag darauf drückte er sich schon lange vor sieben vor Linos Laden herum, ganz versessen darauf, sich hinters

Lenkrad zu setzen, Gas geben, bremsen, so aufgeregt, dass er die ganze Nacht über kein Auge zugemacht hatte. Er war früh schlafen gegangen in der Hoffnung, die Nacht würde sich in Träumen auflösen, aber nach dem Gutenacht verging Glut zu Asche, der Trubel verstummte, die Nacht tastete sich vor, Katzen und Schritte wurden leiser, das Husten und das Babyweinen, sogar das Wasser des Rio Pomba klang friedlicher, nur der Schlaf wollte nicht kommen; und als der erste Hahn nach dem Morgen krähte, hatte sein Körper schon die Bettdecke abgeworfen, seine Beine waren in die Hosen geschlüpft, die Arme in einen löcherigen, grünen Pullover und seine Füße hatten sich in die neuen Schuhe gezwängt, »Schon aufgestanden, Aguinaldo?«. Die Mutter war schon am Gasherd und machte Kaffee. Sein ältester Bruder putzte sich draußen am Waschtrog die Zähne. »Es ist doch noch dunkel, Lalado.« »Ist doch heute mein erster Tag da im Laden von Lino.« »Als Fahrer?« »Ja ...« Der Vater kommt durchs Törchen, eine Tüte mit warmem Brot unterm Arm. »Schon wach, Aguinaldo?« »Ja ...« »Alle pünktlich hier im Haus ...« »Wenigstens eins meiner Kinder, das nicht für die Pratas arbeiten muss!«, »He, Raul, spuck nicht auf den Teller, von dem du isst ... Unsere ganze Familie ...« »Ausbeuter sind das.« »Uiii, fängt ja gut an, heute morgen ...«

Herr Lino reichte ihm die Schlüssel mit einem Schlüsselanhänger vom Lionsclub, »Kümmere dich gut darum, hörst du?«, an der Heckscheibe **Brasilien – Liebe es oder geh!**, ein Riss im Polster der Rücksitzbank, ein Esso-Tiger am Rückspiegel, das Handschuhfach leer. Er drehte den Zündschlüssel, zitterige Beine, der Motor soff ab. Er drehte noch einmal, gab kräftig Gas. »He, verbrenn hier nicht unnütz Benzin, Mann!«, der VW-Bus, sein eigenes Zimmer, »Komm mit«. Wenig Betrieb, keine Fahrten bis Mittag, er blieb im Lager und räumte Regale ein. »Alles gut, Junge?«, fragte die Mutter. Er nickte und stocherte mit der Gabel im Eigelb herum, das sich über den Reis ergoss bis zum Bohnenpüree. Am Nachmittag dann zwei Ausfahrten, Kleinkram, abgezählte Münzen,

150 Gramm Claybom-Margarine
2 Dosen Kokosfett Durorte
5 Kilo Reis Sorte 2
1/2 Kilo Reis Piemonte
2 Kilo schwarze Bohnen
1 1/2 Kilo Maismehl
2 Dosen Kondensmilch
1 1/2 Kilo Kaffeepulver
2 Riegel Kernseife
1 Kiste Wäscheblau
4 Seifen
1 Kölnisch Wasser
1 Stahlwolle
1 Packung Bombril
1 Dose Parkettin
2 Kilo Zucker
1 Liter Putzmittel
1 Pfund Zwiebeln
200 Gramm Knoblauch
1 Kakaopulver Toddy
2 Zahncreme
1 Desinfektionsmittel Pinho Sol
1 Kl. Dose Neocid
2 Päckchen Nudeln »Portuense«
2 Dosen Tomatenmark
3 Rollen Klopapier
1 Flasche Alkohol
1 Päckchen Streichhölzer
1 Päckchen Kerzen
1 Päckchen Salz

nichts davon in die Gegend am Flussufer, wo er hätte angeben können, »He Leute, schaut mal, ich hier!« »Am zehnten, da bricht hier die Hölle los!« versprach der Junge im Lager. »Alles gut?«, fragte der Vater. »Gut ... Wenn es Lohn gibt, da wird es erst interessant ... Dann ist da richtig Betrieb ... Da muss sogar Mittag ausfallen ...« Nur mühsam fand er in den Schlaf, zählte Tage und Stunden.

Samstagabend, die letzte Lieferung, Herrn Linos Brille und Finger kontrollierten die Kritzeleien auf Einpackpapier, vier

Kisten Brahma, vier Flaschen Cachaça, eine Campari, eine Martini, eine St. Raphael, ein Johannisbeerlikör, eine Mortadella, ein Karton Räucherkerzen, eine Dose Insektenspray, eine Mausefalle, »Alles korrekt?« Lalado sicherte die Ladung, schlug die Türen zu. »Camargo?« »Camargo. Weißt du, wie du da fahren musst?« »Glaub' schon ...« »Ein neues Haus.« »Was?« »Ein Puff, Junge! Ein Bordell!« »Aha.« »Kennst du nicht? Also pass auf: Die Straße nach Ubá runter, in Granjaria geht es steil hoch und dann wieder runter. Da wo es runtergeht, ungefähr in der Mitte, geht ein Weg ab, ungepflastert, und dann siehst du schon ein Haus weiter unten, aus Backsteinen, fast schon am Fluss. Pass auf, das geht da echt steil runter. Liefere die Ware ab, zähl das Geld und fahr wieder, ich warte hier auf dich, haben wir uns verstanden?«

Er bremste, hielt am Straßenrand an, stoppte den Motor, stieg aus. Stille. Die kalte Luft schmerzte auf seinen Lippen, den blau angelaufenen Fingernägeln, den klammen Händen, der Nase. Der Staub senkte sich über die endlosen Viehweiden aus trockenem Honiggras, ein vereinzelter Baum hier und da, ein Pferd voller Zecken, irgendwo ruft ein Schlangenstorch und lässt sich nicht blicken, ein Stacheldrahtzaun zieht sich hügelan, hügelab, der Pomba weiiiiiit hinten ein Rinnsal, der rötliche Himmel, das Haus aus Backsteinen am Ende des Pfades mit seinen Gräben, Löchern, Erosionsrinnen, durch die sich nun die Räder des Transporters tasteten, glitten, schlitterten, und dichter Staub hängte sich in die Landschaft. Ein fleckiger Köter flitzt auf seine Beine zu, unschlüssig, ob er knurren oder mit dem Schwanz wedeln soll, sich verkrümeln oder herumtollen, bellt, bellt, »Die Sachen sind da«, freut sich eine Frauenstimme, undeutlich zu erkennen hinter einen Vorhang, Armierstahl ragt noch aus dem Zementdach, ein Willy's Rural parkt in der Gegend, zwei Fahrräder lehnen mit den Lenkstangen an der Wand.

Lalado reißt die Türen des Transporters auf, zieht einen Bierkasten heraus, schwingt ihn sich auf die Schulter, geht entschlossen auf die Tür zu, will an dem Pferdeschwanz vorbei, gelbes Top, falsche Wimpern, Lippenstift rot, graue Hüfthose, Holzpantinen, »Nein, nein! Hinten herum! Hinten herum!«, dirigiert sie ihn. Ums Haus herum, über das Wasser, das aus dem Tank sickert, acht Stufen hinauf, dann durch die Hintertür in die Küche, »Hierhin, hierhin!« Er stellt die Kiste auf dem groben Zementboden ab, »Bring alles hier rüber, hörst du?«, er untersucht das Leergut nach Abplatzungen im Glas, ersetzt leere Flaschen durch volle, hebt sich wieder die Kiste auf die Schulter, geht wieder acht Stufen hinunter, über das Wasser, das aus dem Tank sickert, stellt die Kiste neben dem Transporter ab.

Beim zweiten Mal kommt er schon ins Schwitzen, reißt sich den grünen, löcherigen Pullover vom Leib und schmeißt ihn auf die Rückbank mit dem Riss in der Polsterung.

Auf seinem vierten Gang stößt er auf eine junge Frau, schwarzes Tüllhemdchen, Brüste und Schamhaare schimmern fast durch, er erschrickt, beide erschrecken, fast wäre er ausgerutscht im Morast neben dem Rinnsal, sie weicht schnell aus, er lacht verlegen.

Beim fünften Mal mit der Getränkekiste hat sie sich anscheinend zurückgezogen; beim sechsten Mal, Mortadella, Räucherkerzen, Insektengift, Mausefalle, miaut eine rote Katze, der Pferdeschwanz taucht wieder auf, verscheucht die Katze mit einem Besen, »Mistkatze!, nicht einmal zum Mäusejagen taugt sie!«, Fingernägel der linken Hand über der Liste, »Wollen wir abgleichen?«, der Fingernagel der rechten Hand unterstreicht, »Ein, zwei, drei, vier Kisten Brahma, fünf Flaschen *Wo ist sie geblieben*, ...phael, Johannisbeer, Mortadella, eine Kiste«, er schaut verstohlen zum Fenster raus, ein Bambuszaun um mickerige Gemüsebeete, ein Schwein, am Bein angebunden mit einem Seil, wühlt mit der Schnauze unter dem Mangobaum, »fürs Erste, aber bald, bald wird das hier die neue Casa Branca, du wirst schon sehen ... Gut! Alles in Ordnung. Ich gehe nur schnell Geld holen.«

Lalado steigt die acht Stufen hinunter und trollt sich neugierig in Richtung Haupteingang. Längs an der Küchenwand ein Haufen Sand, Kieshaufen, ein Stapel Ziegelsteine, eine Hacke mit Zementresten, Zigarettenkippen, Hundehaufen. Um die Ecke ein kläglicher Garten, Höschen und Kleider an der Leine, das Mädchen, das auf einem Baumstumpf geraucht hatte, sprang auf und verscheuchte die rötliche Katze, die auf ihrem Schoß geschnurrt hatte und nun davonflitzt, die Kippe im Sand, tiefschwarze, lange Haare, leicht mandelförmige, blitzende Augen, eine Erscheinung, Lalando hätte beinahe gelacht, aber immer dasselbe mit diesem Mädchen! da **tauchte die Lehrerin auf und ließ das Holzlineal herabsausen** Dona Cristina, ich … nicht **blaues Trägerkleidchen, weißes Nylonhemd, Puppenschühchen** Diolinda, weine nicht, Dummerchen! **Diolinda … Di o lin da stinkt! Di o lin da stinkt!** Die lernt nie was, das Kind! **Grundschule Flávia Dutra, zweite Klasse, dritte Klasse, Sitzengeblieben, Diolinda Eiterflechte** »Ach, hier steckst du! **Das Geld, bitteschön!**«

Er nahm das abgegriffene Bündel Scheine, überwand sich zu zählen, »Stimmt's?« *Diolinda …* Mutter, wenn ich groß bin, will ich bei der Bank arbeiten … Bei der Bank? Ja, wie der Mann von Frau Cristi. Der Pferdeschwanz verschwand wieder in die Nacht im Haus.

Er stieg in seinen VW-Bus, verstaute die Einnahmen im Handschuhfach, zog sich wieder den grünen, löcherigen Pullover an, drehte den Zündschlüssel und sah, wie im Gegenlicht eines der Fahrräder über den Hügel verschwand.

NARBEN

(EINE FUSSBALLGESCHICHTE)

Ja, der 21. Juni 1970 wurde zu einem der wichtigsten Daten der brasilianischen Geschichte. An diesem Tag ging der Jules-Rimet-Pokal endgültig an die brasilianische Nationalmannschaft in jenem unvergesslichen Spiel gegen Italien vor mehr als zehntausend begeisterten Mexikanern im Azteca-Stadion, vier zu eins, weißt du noch? Aber 1970 ist auch das Jahr der Gründung und des Triumphs des seligen Botafogo Futebol Clube von Cataguases, »Botafoguinho« von Paraíso, der sich, eine Seltenheit in den Annalen des britischen Sports, ungeschlagen nach vierundzwanzig Partien zwischen August und Dezember wieder auflöste. Und um die Erinnerung daran, die sich zu verlieren droht, wieder aufzufrischen, sei hier dieser kleine Bericht zu Papier gebracht.

Voller Unruhe schälte sich Senhor Miguel viel zu früh aus dem Bett, um eine Maisstrohzigarette zu paffen, wandelte schlaflos durch den Garten, die Kälte zwickte die Härchen am ganzen Körper, Nebel lag über der Landschaft, und er fragte sich, was nun werden sollte, wenn die Eisenbahn keine Leute mehr fuhr, nur noch Eisenerzwaggons über die Schienen rollten und keine Passagierwagen mehr, er hatte doch eine Familie zu ernähren von dem Geld für Transporte auf seinem Pferdekarren, mit dem er vorm Bahnhof stand, wie sollte er jetzt, wo bald kaum mehr

Fracht kommen würde, klarkommen mit all den acht Kindern, keins davon groß, und dem Haus, das noch nicht einmal fertig war? Aufgewühlt brachte er im Dunkeln hockend die Nacht herum und grübelte, und wenn ihn auf Zehenspitzen seine Frau überraschte, »Kannst du nicht mehr schlafen, Mann?«, sagte er trocken, »Nichts, Creusa. Ich lauere auf ein Opossum, das die Hühner aufgescheucht hat, hast du nicht gehört?«, oder »Nichts, Creusa. Ich habe nur Schritte gehört, dachte, da wären Leute, bin nachschauen gegangen ...«, oder »Nichts, Creusa. Ich dachte, es hätte jemand gerufen, hast du nichts gehört?«, und sie, »Ich schlaf' doch so tief, Mann, du weißt ...«

... weil sie nun keine Miete mehr zahlten ... unglaublich ... Jahrelang wie Zigeuner mal hier, bald dort, nicht mal Haustiere hatten die Kinder gehabt. Das ganze Theater mit den Vermietern, die ihn demütigten vor seiner Frau, vor den Kindern, den Nachbarn, wildfremden Leuten. Mit einem Strauchdieb ging man besser um! Er hatte den Ärger heruntergeschluckt, eingepackt, und sie waren frühmorgens schon weg, heimlich, verstohlen, mit Hockern und Säuglingen, Töpfen und laufenden Nasen, dem Tisch und den schorfigen Köpfen, sein Blut, seine Möbel. Und so hatte er mehr schlecht als recht mal hier, mal dort gelebt, von der Hand in den Mund, beschämend, verschuldet, die ganz Familie erkältet, seltsame Gedanken im Kopf, Ameisengift, abhauen, bis schließlich, wie zum Beweis, dass Er die Seinen nicht verlässt, sie der Schwager aufgespürt hatte, in einer Garage in Vila Teresa, wo sie für umsonst untergeschlüpft waren, krank, ausgemergelt, und **ungelöst hing noch der Zwist, seit mit dem Ableben des alten Justi Streit und Verwünschungen, Missverständnisse begonnen hatten mit Todesdrohungen und Anwälten, feinen Doktoren mit Ringen am Finger und einen Keil zwischen die früher so herzliche Verwandtschaft getrieben hatten, die Gier nach fast ödem Land irgendwo hinter Rodeiro, wo Erosionsrinnen und Unkraut, Termiten und hühnerfressende Schlangen, Geröll und viel Staub hausten** als er gehört hatte, wie schlecht es um sie bestellt war »Creusa, meine Schwester!, meine Schwester!« (Umarmungen, Tränen) »Wie lang ist das her, mein Gott, wie lange!« versucht hatte, sich wieder zu vertragen, » ... Schwamm über die böse Sache ... Wir finden schon eine Lösung.«

»Ich kaufe deinen Anteil! Nichts wert, aber um der Sache ein Ende zu machen.«
»Hauptsache es wird wieder wie früher, das zählt.«

Die kleine Parzelle in Paraíso hatten sie auf Raten gekauft, als das Stadtviertel noch voller Lücken war, ganz weit draußen und ohne Wasser und Strom, von Straßenbelag ganz zu schweigen!, und Schule? Die Straße vom Flussufer bergauf gabelte sich an der Wasserstelle in drei Richtungen, da lag das Grundstück. Links steil an verschlungenen Pfaden durch Staub und Gestrüpp Häuschen aus Stangen und Lehm und mit Straßenkötern, das Paraíso der Armen, am mittleren Weg wuchs auf sanftem Hügelland mit Mango- und Avocadobäumen, Steinhäusern, eigenen Brunnen und Hunden das Paraíso der Wohlhabenden und rechts gut verputzt und in Grundstücken mit vielen Obstgärten, Schäferhunden und breiten Terrassen das Paraíso der Reichen. Er zäunte eigenhändig alles ein, rodete, planierte den Grund für die Fundamente. Beim Hochziehen der Wände half ihm einer. Das Zementdach gossen sie mit einer Bande von Säufern an einem Sonntag, an dem nicht so viel Sonne schien, gegen etwas zu essen und Schnaps.

Den Pferdekarren hatte er bar bezahlt, zusammen mit Stellplatz vorm Bahnhof, Pferd und Geschirr, Schnäppchen, hatte ihm einer eingeflüstert, und erst Monate später hatte er herausgekriegt, dass dieser, der mit jemandem »drinnen« wohl dicke war, ihn reingelegt hatte, alter Idiot!, denn die Personenbeförderung war einmal, bald gab es keine gemischten Züge mehr, die ihm, wie er geglaubt hatte, die Zukunft hätten absichern können, ein festes Einkommen, ausladen, aufladen von hier nach dort: Reis, geschält oder roh, Bohnen, Maismehl, Zucker, Weizenmehl, Stacheldraht, Aluminiumschüsseln, Eimer, Papierrollen, Besen, Seile, Tabak, Mehl, Lampions, Laternen, Nudeln, Öl, Kerosin und in Jutesäcke gestopft Ferkel, Hühner, Enten, Katzen. Eines griesgrämigen Samstags waren sie umgezogen und hatten die rohen Wände in Besitz genommen, den Boden aus gestampftem Lehm, die türlosen Zimmer, in denen es keine Möbel gab. Wasser zum Trinken und Kochen und Wäschewaschen und Baden holten sie von der Quelle, hinterließen von Sonnenaufgang bis es dunkel wurde sternförmige Tropfen im Staub. Ihr Geschäft mussten sie draußen im »Häuschen« erledigen, wenn schlechtes Wetter war und nach dem Angelusläuten in den Nachttopf. *Bald* ... plante er noch Zementboden, hellblaue Wände, die Fenster dunkelblau, einen Brunnen mit Pumpe, Bad mit Toilette, einen Gasherd und neue Sachen zum Anziehen für die Kinder und ein Gebiss für die Frau und ein fuchsbraunes Fohlen anstelle des gescheckten Braunen und und und

die Arbeiterfahrräder begegneten ihm, als es noch dunkel war, an der Wasserstelle, Tag, Herr Miguel, keine Hoffnung, den Kopf voller Gedanken, wie wohl der Tag werden würde, er verließ bang den Halteplatz, bald kümmerte er sich um die Fracht, die mit der Eisenbahn kam oder mitfahren sollte, karrte in die entferntesten Stadtviertel, Justino, Matadouro, Dico Leite, Ibraim, Santa Clara, Leonardo, gegen Geld Sand und Kies und Zement, Steine und Ziegel und Dung, Holz oder Gras oder Kopfsteinpflaster und alles, »Schaff dich nicht tot, he, Miguel!« warnten vergeblich Bekannte, bis

... müde ... kurzatmig ... Knoten im Hals ... Stechen ... Irgendwie seltsam ...

»Kann sein, das Herz, sagt Doktor Romualdo«, erklärte er seiner Frau, die erschrocken kurz aufhörte, Wäsche aufs Waschbrett zu schlagen und sich ins Haus stürzte, »Um Gottes Willen!, was für ein Unglück, ein Unglück!, warum diese Prüfung, mein Gott?, was habe ich getan?, was habe ich Böses getan? und sich bäuchlings aufs Bett warf, in Tränen ausbrach, ihn sogar fürchten ließ, das heißt also ... kann sein ... dass es ... dass es was Ernstes ist ... und

Sterben

der Vater nahm seine Lampe und ging hinaus, die Hunde jaulten und pissten verängstigt, das Schießeisen in der Hand, um den Hühnerstall schlich ein Tier, feuchter Wind schob vor sich Wolken her, Donner rollte, Blitze zischten über den schwarzen Himmel, »Zieh die Stiefel an, Mann«, rief die Frau vom Fenster her, als sie das schwache Licht stumpf hinter dem Schuppen verschwinden sah, die Kinder am Küchentisch, Angst vor dem Unwetter, hörten den Knall, Blitzschlag oder ein Schuss, schrien auf, die Mutter tröstete mal das eine, mal das andere Kind, einzelne Tropfen trommelten auf die Dachziegel, prasselten, und dann kam der Regen mit Wucht, peitschte, schüttelte die dünnen Lehmwände, das Dach tanzte, wie es ihm gefiel, Stimmen plätscherten, »Nilda! Nilda!«, der kalte Wind stieß die Tür auf, pfiff durch die Zimmer, »... die Schlange ... Surucucu ... die Schlange ...« In jener Nacht ließ das Wasser den Teich überlaufen, drückte den Reis nieder, nahm ein Kalb mit, zertrümmerte das Holz-Bambus-Lehm-Geflecht zweier Behausungen, holte Orangen, Limonen und Avocados vom Baum, riss Bäume aus, zerstörte die kleine Straße nach Guidoval. Der Morgen erwachte, geküsst von der Sonne, als sich die rissigen Lippen des Vaters, geschwollen und Blut erbrechend bewegten, um zu beichten, und dann verstummten und von der übel riechenden Lähmung seines Lagers befreit waren.

Sterben ...

so jung erst, mein Gott, so jung! Wie viele Jahre? Monate? Tage? Stunden? blieben ihm noch? Noch so viel vor! Zumindest die Kinder heranwachsen sehen, wie sie ihren Weg gehen, zu viel verlangt? Bitter, keine eigene Familie gehabt zu haben! ... Die Mutter hatte sich, kaum war der Vater begraben, aus dem Staub gemacht, war irgendwo in der Welt untergetaucht, Wanderschaft, hieß es, ein streunendes Tier ohne Ruhe und Verstand. Die zehn Geschwister in alle Winde verteilt, getrennt, verdingten sich: die Älteren, die schon mit der Hacke umgehen konnten, als Arbeiter, die Kleineren aus Mitleid an Kindes statt, die Mittleren irgendwo. Nur sechs Jahre alt war Miguel, verwurmt und rachitisch, gelb und zerbrechlich von Hof zu Hof weitergereicht worden, ungeliebt, bis ihn Orangenbaumzüchter in Dona Eusébia aufgelesen hatten, bei denen er, vorerst vom Tode verschmäht, zwischen Stecklingen und Überschwemmungen des Rio Pomba aufwuchs. Von den anderen hörte er nie wieder, ob es ihnen gut ging, ob sie zu anständigen Leuten geworden waren und ihren Weg machten. Roh, welk, einsam, beobachtete er Frau und Kinder, die beim Läuseablesen ruhig ihre Köpfe an ihren Busen lehnten, oder wie sie vorsichtig, wenn Badezeit war, mit dem Schwamm Grind abbürstete, oder fröhlich am Abend bei einer Schüssel mit Popcorn Geschichten erzählte von früher in Rodeiro, oder auch brennende Jodtinktur auf Schürfwunden pinselte, zärtlich den Mädchen die Zöpfe flocht, oder ihnen demütig Kirchenlieder vorsang ... und er entrückt, stumpf, störrisch, von Zärtlichkeit träumend und nur dabei, wenn es um Zoff ging, um Schläge, Prügelei, als bewegten sich ihm wie einer Gliederpuppe die Beine und Arme, als drückte Verlegenheit seinen Kopf ein, falls er doch einmal geliebt wurde.

Und er kümmerte vor sich hin, nichts brachte ihn dazu, aus dem Zimmer zu gehen, am Fußende Rex zusammengerollt, die Frau wiegte seufzend den Kopf hin und her. Mitfühlend schoben die Kinder Streit auf, Gerenne, Sticheleien, Geschrei, schlichen trauernd durch Garten und Flur.

Aus dem Fenster gelehnt spät am Nachmittag, die Maisstrohzigarette locker zwischen den Lippen, blickt Senhor Miguel in die Dämmerung
eine Henne scharrt über den harten Boden, ihre Küken piepsen heiter
der Gaul kaut apathisch das trockene Gras auf dem Nachbargrundstück
die Frau hängt beflissen die Wäsche ab
ein Bekannter kommt vorbei, **'nabend Miguel**
auf der Straße spielen Jungs mit einem Ball
es riecht nach Kaffee
eine Katze schläft ausgestreckt unter einem Melissestrauch
Wassereimer, dann kommt die Nachbarin, ihre Kinder, **'nabend, Creusa**
er steckt sich die Zigarette an
eine der Töchter liebkost Rex
ein Fahrrad, **'nabend, Herr Miguel**
die Frau, **Keinen Hunger?**, greift nach dem Bügeleisen
die zwei anderen Töchter spielen im Haus, an der Wohnzimmertür
mit feuchtem Haar eine Schuluniform auf dem Weg in die Schule
Jungs spielen Ball auf der Straße
ein Fahrrad, **'nabend, Herr Miguel**
er steckt sich die Zigarette an
zwei Nachbarn zu Fuß, **Wie geht's denn so, Herr Miguel?**
eine fromme Familie, die Haare gekämmt, die Kleider lang, Anzug
schutzsuchend piepen die Hühner

aufdringlich miaut in der Küche die Katze
mit hängender Zunge kommt Rex von der Quelle
die Kinder waschen sich
Holz brennt
Grillen Frösche Grillen Frösche
ein Lastenfahrrad, Einkäufe
er steckt wieder die Zigarette an
Zwielicht
es riecht nach gedünstetem Reis
ein Radio jault
'nabend Herr Miguel
Glühwürmchen
die düstere Landschaft im Dunkeln
Glühwürmchen
er schnippt die Kippe weg, macht das Fenster zu, setzt sich aufs Bett, nein, so kann es nicht weitergehen, ergeben, duldsam, er muss kämpfen, etwas tun. Schon wach, als der Wecker klingelte, stand er auf, atmete den ekelerregenden Duft der frühen Morgenstunden und stellte sich, vorsichtig durch Stille und dichte Schatten tastend, vor dem Haus der Gesundheitsfürsorge an, eine Nummer zu ziehen.

Der Arzt krakelte unleserlich das Rezept, rezitierte **Chinidin drei Mal täglich, Digoxin einmal früh** »... etwas einfallen lassen, um den Kopf frei zu kriegen ...«

(Jesus mit wallendem Haar und mit weißem Gewand, vorneweg steigen Männer und Frauen, von denen sich einige kennen, langsam den steilen Berg hinauf. Am Gipfel angelangt, halten sie. Ein Junge, der aussieht wie Zelito, der Bruder, den er nie wieder gesehen hat, kommt durch die Menge mit einer Kuh, die in leuchtenden Flammen steht. Das Tier folgt ihm langsam, bemitleidenswert, resigniert. Er will ihn rufen, doch da hört er »Miguel!«, dass man ihn selbst ruft. Erschrocken kommt er heran. Jesus legt seine Hand, leicht wie ein Vogel, auf seine linke Schulter und sagt, und wendet sich dabei nach dort, woher sie gekommen sind, freundlich, »Miguel, von dort bist du bis hierher gelaufen«, und deutet auf eine winzige Hütte, aus deren Schornstein ein dünner Strich in die Landschaft steigt. Dann wendet er sich wieder nach dort, wo sie hinwollen, und sagt »Es ist nicht mehr weit«, und

deutete auf einen schmalen Pfad, der sich den Berg wieder hinabschlängelt. Miguel geht, beginnt alleine nach unten zu gehen. Ein paar Schritte noch, dann dreht er sich um, und die Menschenmenge bewegt sich nicht. Fern führt Zelito – ist es tatsächlich sein Bruder? – die brennende Kuh und verschwindet hinter einem riesigen Felsen.)

Aus der Kanne füllt sich noch einmal die Tasse mit Kaffee. Miguel zieht an seiner Maisstrohzigarette. »Ich muss mir was einfallen lassen, Creusa«, sagt er und schaut aus dem Augenwinkel, im Winkel des Fensters, wie der Junge aufs Grundstück kommt, das Pferd ist angeschirrt, der Karren streckt die Deichseln wie Arme gen Himmel. Der dritte Junge, wenn man vom ältesten rückwärts zählt, Paco, Paquinho, wirr wie die Maulwurfsgrille, witzelt man, er meckerte erst, dann nicht mehr. Wenn es nach ihm ginge, würde er morgens bis abends dem Ball hinterherrennen, der Teufel! »Du musst mit ihm schimpfen, Mann, er will von der Schule nichts wissen, nichts«, sagte die Frau und schlich sich in seine Gedanken. »Treibt sich ständig in Vila Teresa herum ...« »Vila Teresa?!«

»Da gibt es einen Fußballplatz, Vater ...«

»Hier etwa nicht?«

»Aber keine Mannschaft ...«

Als bissiger Stürmer hatte er in Dona Eusébia Tanz gegen Fußballpartien getauscht. Montag bis Freitag herumgequatscht, um zu sehen, wo gerade ein Spiel war, sonntags dann schlug er sich in Turnhose und Trikot, Schuss, Tritte, Ballverlust, Stöße, Fausthiebe, Kopfstöße, Bisse, Zwicken, Ellenbogen, Begrenzungslinie, Stürze, Fouls, Flüche, Seitenaus, Kniestöße, Spucken, Tore und kümmerte sich geschunden mit geschwollenen Knöcheln, verstauchten Zehen, eingerissenen Nägeln, schmerzenden Rippen, blauen Augen, ausgeschlagenen Zähnen um die Orangen- und Zitronenbäumchen. Als er verheiratet war, ließ er das Fußballspielen sein wegen der Schwangerschaften. Wurde steif, eine Lusche.

Also ...

Schwadronierte er zwischen den Fuhren und träumte. In Cataguases gibt es Flamengo, in Leonardo Vasco Da Gama, in Granjaria América. Nun sollte es auch Botafogo geben – in Paraíso!

In Worten:

Vom Stadtverordneten Ivo, Inhaber des Bazar Menezes: 15 weiße Trikothemden ohne Kragen

Von Doktor Romualdo: 2 schwarze Torwarttrikots

Von Doktor Normando: 24 Paar weiße Socken

Fußballschuhe, Turnhose und Zubehör, Unterwäsche, jeder einzeln.

Von den Geschäften in Beira-Rio sammelte er Spenden ein, schacherte um die Stofffarbe Guarany, Acrylex schwarz und weiß. Und um einen Lederball, offiziell, Größe 5, und eine Kühlbox aus Styropor.

Am Wochenende versengte sich Creusa den Leib in der Hitze eines Sägemehlfeuers und kochte die weißen Trikothemden gurgelnd im schwarzen Wasser, Salz dazu, um die Farben zu festigen, bleichen, trocknen, zusammenlegen, »Schadet nichts, ihm den Gefallen zu tun, lieber Gott ...« Zé Peixe, der hilfsbereite Nachbarjunge im Paraíso der Armen, hatte die Nummern sorgfältig auf die Rückseiten gepinselt, Schablonen geschnitten, das Wappen gezeichnet, **BOTAFOGO F.C.** in die Mitte geschrieben und säuberlich auf die Höhe der Herzen auf jedes Trikot übertragen, ein Künstler, »Der wird es noch weit bringen«, im ganzen Haus hatte es nach Acrylfarben gerochen und Miguel dachte schon gar nicht mehr an sein humpelndes Herz.

Die Aufstellung rekrutierte sich schnell Mund zu Mund aus den Leuten aus der Umgebung, der Ersatzbank von Flamengo, Operário, Manufatora, Cataguases, Altherren und Jugendmannschaft, aus wertvollen Spielern und Unzufriedenen, sogar einem angeblichen Neffen von Friaça vom zwei zu eins gegen Uruguay bei der Weltmeisterschaft 1950 im Maracanã, der schmierig und verschlagen, falsch und geschwätzig, so schnell er gekommen war, wieder verschwand, noch beim ersten Training, der Windhund!

Dann kamen die Spiele und Siege.

Anfangs noch schüchtern und ohne Publikum, Premiere, eins zu null gegen Vila Teresa oben in Paraíso, wo der Ball, einmal über die Linie geschossen, Hunderte Meter bergab rollte, bis er irgendwo im Gebüsch hängen blieb, an einem Bäumchen, an trockenen Zweigen. Im vierten Spiel allerdings, als die Mannschaft bereits ihren Ruf hatte, bewegten schon Jungs ihre Hintern den Abhang hinunter, dem Ball hinterher, Apfelsinenverkäufer, Schnapsbude, Eis am Stiel, Zuckerwatte, Popcorn säumten die Seitenlinie, turtelnde Mädchen schnatterten beim erbaulichen Anblick und staunende Augen verfolgten das drei zu eins gegen Vasco, die sogar um die Stadtmeisterschaft von Cataguases spielten ...

Umsichtig gab Miguel Geheimtipps, vor den Spielen nur wenig essen, das Trinken und Rauchen sein lassen, Iodex auf die Schenkel, die Knöchel mit Gaze umwickeln und vom Platz aus auf Anweisung achten. Bei Krämpfen Eis, Wärmepflaster, Belladonna. Ganz Autorität dirigierte er, schimpfte, provozierte, warnte, änderte, ersetzte, fieberte. Kümmerte sich um Begegnungen und sammelte Wetteinsätze – teilte dann väterlich den Gewinn während lärmender Runden mit Bier, Schnaps, Tabak. Ganz Stratege ließ er sie gruppenweise auf Fahrrädern zu den Plätzen der Gegner fahren, furchtlos, waghalsig, verwegen und angsteinflößend, dreist wie die schwarzen Kuckucke.

Als sie bereits einen Ruf hatten, kam schließlich die erste Herausforderung jenseits der Grenzen des Landkreises, neunte Partie, so Zé Peixe, der Buchhalter und Aufstellungsstatistiker, der sich zwar bosheitsbedingt nicht so recht einfügte, von der Begeisterung her aber alles mitmachte. Für die Fahrt nach Astolfo Dutra zum Schlagabtausch mit dem in der ganzen Gegend berüchtigten Portuense mieteten sie den Kleinlaster International KB-6 von Zé Pinto aus Vila Teresa, klapperig, Schweiß, Staub und ein unumstößliches zwei zu eins für die Bilanz. Aus dem Schwung folgten weitere Treffer: Spartano Rodeiro (zwei zu null), Erster Mai Miraí (eins zu null), Cruzeiro Guidoval (drei zu eins). Und natürlich die üblichen: Bairro-Jardim, Brasil, América ... Ungeschoren blieben nur die Giganten: Operário, Flamengo, Manufatora und Cataguases.

Die Rua do Comércio funkelte von all den Lichtern, mit denen sich die Läden schmückten, verbliebene Wünsche in herausgeputzten Schaufenstern, Weihnachten.

Sonntag, den Zwanzigsten, erwachte Senhor Miguel morgens ruhelos und wartete auf und ab gehend auf den von Doktor Normando gecharterten Bus, der die Mannschaft bis nach Recreio zum Kräftemessen mit Ideal bringen sollte, Lastwagen ging diesmal nicht, denn der Weg führte über die Rio-Bahia, mein Gott, Rio-Bahia!, und es waren Leute dabei, die noch nicht einmal Leopoldina kannten ... Um elf hielt er am Bordstein der Bar von Auzílio, die Charanga, Pauke-Trommel-Tambourin-Zabumba-Pandeiro-Pfeife, klagte *bitte bitte geh fort / Sieh, meine Seele weint / sieh, mein Ende gekommen / hast mein Herz mitgenommen / Ich bin des Trauerns leid,* und dann ging die Schlepperei los: Säcke mit Apfelsinen, Orangen, Navel, Saftorangen, Quellwasser, zwei Dreiliterflaschen Rotwein Marke Ochsenblut und die Massagetasche, ein Fässchen Zuckerrohrschnaps und vier Dutzend Feuerwerksraketen und den Sack mit den Trikots und die Kühltasche mit Eis und nach und nach auch die Sportler, satt und zufrieden, Senhor Miguel an der Tür inspizierte mit breitem Grinsen. Als die Sonne im Zenit stand, letzte Anweisungen, »Tür zu ... es geht los, Leute!«, der Motor schnarrte los, hustete, schnappte nach Luft, wütete, neben den anfahrenden Rädern eine Eskorte aus kurzen Hosen und Straßenhunden, bis auch sie glücklich abgehängt waren.

Paco döste, Liebling seit dem ersten Spiel, »Mein Talisman« nannte ihn Senhor Miguel stolz, schaute aus dem Fenster hinaus in die zitternde, glühende Landschaft, Rinder, Termitenhügel, Geier, ein verlassenes Häuschen, ein Hut, einer zu Fuß, Geier, Wolken, die einen schlummern, die anderen flüstern, einer lacht, Vater wandert den Gang entlang, träumt vielleicht *Nächstes Jahr ...*

Über leere Ränge breitet sich der heiße Nachmittag
ein Eiswagen
der Betrunkene torkelt im Schritt eines mutigen Sambas
ein Straßenköter regt sich feige auf
der Irre spuckt grunzend wirre Worte aus
ein Affe stibitzt misstrauisch Popcorn aus der Hand eines verzückten Jungen
der Polizist sieht dem Treiben ungerührt zu
ein Faultier im Wipfel des Licania-Baums kratzt wie ein ruhender Pfeil an der Zeit
Wind streichelt die Blätter der Mangobäume über der Mauer
zwei zu null

dann ist der Rotwein schon leergefeiert und achtundvierzig Feuerwerksraketen knattern los, Schritt für Schritt wird die Partie nacherzählt, ausgezehrt und der Busfahrer heißhungrig angefeuert, **mach los!**, soll schneller fahren, da übertönt Herr Miguel den Gesang, sehr bewegt seine Stimme »Alle Achtung!, um ehrlich zu sein …« Unbemerkt löscht der Abend die Außenwelt aus …

Der Bus überquert holpernd den ungepflasterten Hof einer Tankstelle, »Auftanken«, kommt der Fahrer den maulenden Stimmen zuvor und kommt knackend vor der Raststätte mit ihren kränkelnden Lampen zum Stehen, alle steigen aus Richtung Pinkelrinne. Trotzdem seine Blase auch voll ist, bleibt Paco und will sich von Weitem das Treiben der Bande anschauen, der Vater scheucht ihn, »Los, Beine vertreten, wir haben noch ein ganzes Stück vor uns«, er steigt folgsam aus und taucht ein in die Hitze und das über die Rio-Bahia flatternde Scheinwerferlicht.

Schüchtern, um nicht mit den Älteren pinkeln zu müssen, zwängt er sich in die Dunkelheit, Grillen zirpen, funkelnde Glühwürmchen stieben auf, das Knattern der Frösche, das Summen der Stechmücken, zwei liegende Pferde schrecken hoch, stehen auf und gehen, ein Hund schnüffelt teilnahmslos über den Boden. Blind sucht er sich einen Platz, um sich zu erleichtern, stößt auf zwei heruntergerittene Lastwagen, zwillingsgleich in ihrem verzweifelten Schrottzustand. Aufgeregt, Führerhaus leer, tasten sich barfuß zögerlich neugierig Schritte heran, durch die löchrigen Planen über der Ladefläche scheint Flüstern zu dringen, ein Säuseln, er stoppt. Die Ohren gespitzt, das Herz zappelig. Alles düster. Motoren trommeln über die Landstraße Rio-Bahia. Barfuß tasten sich neugierig zögerlich Schritte von hinten an den F-600, unter der Plane kommt giftiger Atem heraus. Zögerlich erweitern seine vorwitzigen Finger die Lücke zum Spalt

aus den Tiefen der Dunkelheit funkeln Dutzende Blitze in sein entsetztes Gesicht, »Junge, wo sind wir?«, fragt schwach eine Stimme mit fremdem Zungenschlag; reglos erstarrt, dürre Hände, hohlwangige Mienen, »Wie heißt der Ort hier, Junge?« und trocken die Stimme, nur Angst, nur Entsetzen, »São Paulo schon?«, und das Murmeln wird lauter. »Ja?«, ausgemergelte Arme bieten sich in welken Mündern an, »Fährst du auch nach São Paulo?«, ein Baby weint, »Steig schon auf!«, Lachen, »He, Junge!«

im Fortrennen stößt er bleich gegen den Vater, der ungeduldig neben der Bustür an einer Maiszigarette kaut. »Alle warten auf dich, Donnerwetter! Los, steig schon ein!«

VICENTE CAMBOTA

Vicente hieß gar nicht Vicente. Niemand, vielleicht nicht einmal er selbst, konnte sich daran erinnern, dass in der Urkunde *der Standesbeamte* von *Cataguases* im *oben genannten Bezirk* die Geburt eines **Jungen mit Namen** *Asclepíades de Souza* bezeugte, **ehelich** geboren als Kind von *Maria de Souza* und ____________________. Doch Asclepíades blieb nicht lang. Die Mutter hatte es mit den Nerven und verbrachte Tage und Nächte lang werkelnd mit Besen, Eimer und Putzlappen und dann wieder Tage und Nächte lang allem entrückt und im Bett ausgestreckt. Da sie keine Milch hatte, bekam er Trockenmilch vom Sankt-Vinzenz-Heim, und derart pünktlich waren die beiden, Maria und ihr Säugling stets bei der Ausgabe, so merkwürdig war auch der Name, den sie ab und an nuschelte, dass ihn die Laienbrüder schließlich Vicente nannten – und der Name Vicente überstand jeden Sturm.

Wuchs scheu und spröde auf mit zu wenig und zu kleinen Sachen aus der Kleiderkammer, bekam alles, was krank macht, Mumps, Masern, Wechselfieber und Windpocken, Durchfall, Soor, Läuse und Krätze, Herpes, Keuchhusten, Krupp, Fußpilz, Furunkel, Geschwüre, Mykose und Gerstenkörner, Spulwürmer und Hunger. Mal hier und mal da untergeschlüpft aus Gefälligkeit ging er im Unterricht über Tische und Bänke, blieb sitzen, begehrlich und neidisch den Blick auf die blauweißen Schuluniformen gerichtet. Die Mutter beschützte ihn wie eine Furie gegenüber der garstigen Nachbarschaft, selbst wenn sie ausgelaugt nur noch den eigenen Tod herbeiwünschte.

Sie waren ziellos umhergestreift, bis sie schließlich auf Kosten von Dona Arminda und Senhor Antero vom Spiritistischen Zentrum Bezerra de Menezes im düsteren, feuchten Keller des

Hauses von Zé Pinto unterkamen, mit Brunnen und Pumpe, unebener Boden, kein Fenster, notdürftig eine Steckdose und vorm Eingang ein brüchiger Plastikvorhang. Essen kam von der Armenspeisung. Die beste Zeit in Vicentes Leben. Mit elf, zwölf Jahren ließen seine krummen Extremitäten erahnen, was für eine Bohnenstange er einmal werden würde. Geschaffen zum Mittelstürmer, bei der Größe, sein Kopf ragte verletzlich und deutlich aus der Hälfte des Gegners hervor. So integriert in die Mannschaft von Vila Teresa vergaß er bisweilen die Unterschiede, die aber gleich wieder aufbrachen, sobald nach dem Fußball oder Versteckspiel in den Baumkronen die Mütter Zeit-zum-Baden oder Zeit-zum-Essen oder Zeit-zum-Kaffeetrinken riefen, und alle verschwanden und ihn alleine zurückließen, barfuß über die glühenden Steine der langen melancholischen Tage in Cataguases trottend.

Obwohl es ihm widerstrebte, sich von der Mutter zu lösen, störte es ihn, mit den Ratten und Schaben zusammenzuleben, die dreist durch das winzige Zimmer huschten – sogar einen Hundertfüßler hatte er schon einmal erwischt! –, die überall dünstende Mischung aus Urin, Muff und Gammel nahm ihm die Luft, das ständige Anlaufen der Wasserpumpe schreckte ihn jedes Mal auf, und von der feuchten Umklammerung der kalten Luft wurde er krank. Also saugte Vicente in den wenigen Augenblicken, in denen sie Ruhe zu geben schien, das Licht des aufgehenden Morgens und der bläulichen Abende auf, überwältigt von wortloser Freude, an der sich solidarisch auch Schwärme von plärrend über das Firmament zischenden Papageien beteiligten, Spatzen, die lautlos im Rinnstein herumpickten, das artige Pferd vor dem Milchwagen, die Katze, die teilnahmslos mit gesträubtem Fell auf der Mauer spazierte, der verschüchterte Köter, der sich am krebszerfressenen Ohr kratzte, unheilvoll zwischen schütteren Wolken kreisende Geier, das Getümmel der eilig vorbeigleitenden Räder, Stimmen von nebenan durch die dünne Wand. Und er kletterte bei Dona Iolanda am Fenster hoch für einen Blick auf den Fernseher, schlug sich als Eremit ins Gebüsch des umzäunten Geländes und streifte im Laufschritt durch Wiesen, durch Dornen, durch Splitter und Kratzer und Schnitte, verletzte sich, tat sich weh, riss sich Wunden, fiel, blaue Flecke überall unter der Haut von all der Rastlosigkeit, wie eine Landkarte der Einsamkeit und des Tatendrangs.

Nach und nach errangen seine schwarzgelockten Haare auch über den Bolzplatz hinaus Achtung – die wilde Ungezähmtheit, mit der er seine Tage verbrachte, zog sie an und dass er selbst Herr über seine Stunden war und mit dem Raum ebenso großzügig umging; sie beneideten ihn um seine Freiheit, sich nicht waschen, nicht in die Schule gehen, nicht Zähne putzen und keine Hausaufgaben machen zu müssen, sich nicht kämmen oder zu bestimmten Zeiten daheim sein zu müssen; bewunderten auch die Unerschrockenheit, mit der er sich in die dreckige, tückische Flut des Rio Pomba stürzte, und den Mut, sich in schmutzige, finstere Gullys zu zwängen, die Todesverachtung, mit der er zum Artisten wurde, Feuer spuckte, über die Mauer von Industrial balancierte, mit Limonen jonglierte, sich freihändig auf einem stehenden Fahrrad hielt; seine unschlagbaren Seifenkisten riefen Begeisterung hervor genau wie die aus grünen Papayas geschnitzten Schädel, die mit einer Kerze darin und auf Pfähle gespießt vor der Gasse die Mädchen erschreckten, die nachts um zehn von der Spätschicht kamen.

Doch alles ging an einem dunklen Montag unter.

Die Mutter hatte nächtelang schlafwandelnd durchwacht, wirr vor sich hin brabbelnd, überdreht, unruhig, den Kopf gegen Wände geknallt, mit schmutzigen Fingernägeln den mageren Körper zerkratzt, sich mit fahrigen Händen das schüttere Haar ausgerissen und war auf jeden losgegangen, der sich um sie kümmern wollte, hatte sich gewehrt und versteckt und über die Einsamkeit lamentiert, und dann wieder verzweifelt, entsetzlich geheult. Und dann, als mal niemand mehr hinsah, hatte sie Feuer gelegt im Gestrüpp, das sich ins trockene Buschwerk ausgebreitet und die ganze Gasse in große Gefahr gebracht hatte. Nach dem ersten Schreck kam man sie holen, als noch die Blechdosen mit Wasser von Hand zu Hand gingen, um die Glutnester an jenem Märzmorgen zu löschen, fand man sie nackt hockend am Ufer des Flussarms, der hinter den Häusern fließt, in der rechten Hand einen Knüppel, derangiert, feindselig, unübersehbar dürr und erbärmlich. In die Enge getrieben schlug sie eine Bresche durch all diese Leute, Neugierige, Besorgte, stürmte die Treppe hoch, Richtung

Straße, Passanten schlossen sich den Nachbarn an, alle hinter ihr her, aufgebracht, heizten sie auch noch an mit Hallo und Hoho, Hunde regten sich auf, Kinder lachten sie aus, alte Leute brüllten Beleidigungen. Schließlich hatte man sie eingekreist in der Menschenmenge, die immer noch anwuchs, drängte sie in den Gemischtwarenladen »Brasil« und stieß sie auf die rote Keramik zu Boden. Panisch versuchte sie zu entkommen, schlug wild um sich mit dem Knüppel und drosch plötzlich mit ungeheurer Wucht auf die Glastheke ein, sodass Speckschwarten, Hühnerflügel, bemalte Eier und Kibbeh, Kroketten, Wurst, Jiló und Innereien sich über den nun speckigen Gehsteig vorm Laden verteilten, ein Durcheinander von Scherben und Leckereien, nach denen schüchtern die Kinder und dreist auch die Hunde schnappten. Senhor Antônio, der Portugiese, sprang völlig außer sich dazwischen herum, brüllte, Wer kommt mir für den Schaden auf?, Gott im Himmel, war zahlt mir den Schaden? Der fette Sergeant hüpfte aus dem Polizeijeep und scheuchte, aufgebracht über die Zusammenrottung, alle auseinander, stampfte mit seinen Stiefeln die Schatten. Musterte ausdruckslos die traurige Frauengestalt, in die Ecke getrieben, allzeit zu einer sinnlosen Tat fähig. Streckte als Staatsmacht die Arme aus mit den Hoheitsabzeichen, Maria stellte sich drohend mit ihrem Knüppel auf. Er lenkte sie mit wüsten Beschimpfungen ab, und zwei Untergebene stürzten sich aus dem Nichts auf ihre dürre Gestalt, nahmen sie in den Schwitzkasten, hielten sie fest, rissen ihr das Holz aus der Hand und türmten sich auf ihrer Nacktheit, als sie noch Widerstand leistete wie ein geköpftes Suppenhuhn, das leblos noch immer flattert. Die Handgelenke und Knöchel zusammengebunden mit Streifen von einem Sack, den sie vom Zaun um Sá-Anas Garten gepflückt hatten, im Mund einen Knebel, damit sie sich nicht auf die Zunge biss, wickelten sie sie in ein Tuch und verfrachteten sie wie sperrige Last in das Auto.

Niemand hat sie je wieder gesehen, Vicente nicht und auch sonst niemand, den man kennt. Die Polizei lieferte sie auf der Gesundheitsstation ab, wo ihr ein Arzt eine Spritze gab zur Beruhigung und sie für verloren erklärte. Die Nachbarn liefen sich nach einer Auskunft die Hacken ab, doch vergeblich. Nach Abenden voller Ungewissheit vor der Gefängnistür, vor dem

Stadtparlament, vor dem Krankenhaus, dem Rathaus, hieß es mehr oder weniger, Maria sei in die Irrenanstalt nach Barbacena gekommen, wo die Patienten nie wieder rauskommen. Vicente brach weinend zusammen – aß nichts mehr, flennte aufgelöst wie ein Kleinkind, wie ein Kalb nach der Mutter, wollte sich nicht in das Unabwendbare fügen. Wurde krank, glühte fiebrig auf der Haut, drehte in seinem kindlichen Sehnen so durch, dass von den heftigen Krämpfen unter seiner groben Decke zwei Leisten des Bettgestells brachen. Als es dunkel war, kam er wieder zu sich, ein Hund nebenan bellte fröhlich, das Lachen der Frauen, die Wäsche reinholten, das Kreischen der ballspielenden Kinder, Musik kam von Ferne aus einem Radio, er versuchte aufzustehen, benommen im Kopf, seine Füße versagten ihm schwach ihren Dienst. Als es ihm wieder besser ging, brachte ihn Zé Pinto aus Mitleid auf einem Grundstück unter, das er in Paraíso gekauft hatte, um das er sich aber noch nicht hatte kümmern können und wo überall Unkraut war. Erst einmal in der Bude aus Brettern, Blech und einem Wellblechdach, in der er sein Werkzeug verstaute, die Schubkarre, die Hacke, eine Rolle Stacheldraht, Spitzhacke, Ameisengift, Schippe, Dünger, Grabeisen, Mais und den Schäferhundmischling. Hier sollte er sich um das Gemüse kümmern und um die Hühner, das Schwein, etwas gegen die Ameisen tun und Pferde und Taugenichtse abhalten, von denen es in der Gegend so einige gab.

Am Anfang stromerte Vicente, das Schlappen der Gummilatschen auf seinen Fersen, durchs Viertel, die Umhängetasche quer über der Brust, über Straßen, Gräben, Gruben, Weiden, Kletten und Zecken, befreundete sich, machte fleißig, was anfiel auf Zé Pintos Acker, war nicht mal so viel, bisschen nach dem Vieh gucken, mal das Gemüse gießen, und schaffte sich anschließend für einen Kessel mit Reis und Bohnen, Polenta und Ei, sein Lieblingsessen, die Finger schwielig, egal ob ein Grundstück zu mähen war, Wasser vom Brunnen zu holen, ein Pferd einzufangen oder etwas gegen die Blattschneiderameisen zu tun mit dem Ölbrenner. Die ganze Besiedelung von Paraíso machte er mit, Stein für Stein – wenn man ihn brauchte, kam er mit anpacken, mischte Beton, lud Sand, Kies oder Zement ab, verputzte Wände außen und innen, trug Kalk oder Farbe mit der Rolle auf. Er war beschäftigt, pausenlos, still und zurückhaltend, Handlanger für die, die nicht selbst konnten, lustig für die Kinderschar. Dann immerhin kam das Kind in ihm hoch und er ließ auf Betondächern Drachen steigen, schlug sich in die Büsche, um Stängel von Stauden zu sammeln und aus Bambusspießen Käfige und Vogelfallen zu bauen, in Wasserlöchern nach Fröschen und Kröten und Wasserratten und Rallen zu jagen, die er anschließend mit großem Genuss aß. Versuchte, in seinem Schweigen gefangen, es den Leuten recht zu machen. Und bot so eifrig von früh bis spät seine Freundlichkeit an, dass man sah, wie sehr er es nötig hatte, sich ständig beschäftigt zu halten, damit nachts, wenn die Schwärze sich breit über alles drängte, die dummen Gedanken wie summende Mücken draußen bei den Grillen blieben, bei den Kröten und den anderen Bewohnern der Dunkelheit.

Je mehr Vicente Cambota in die Höhe wuchs, desto mehr aber veränderte er sich. In dem freundlichen Bub, bisschen wunderlich, aber immer lieb, keimte langsam die Freude am Spiel und am Schnaps. Das geschah eines verregneten Januars, in dem Abhänge rutschten, Geröll Wände einriss und Straßen unpassierbar wurden, ein Unglück für Arbeiter, die zur Fabrik mussten und alle, die etwas auf der Straße verkauften, Tag und Nacht alles grau, alles bis auf die Knochen durchnässt, es war von Zyklonen die Rede, und dass am Flussufer das Wasser schon bis unter die Decke gestiegen sei und schon Leute mit sich gerissen hätte, ertrunkene Rinder und Pferde, Gasflaschen, Kinderbetten, ganze Bäume, und Familienväter, hieß es, hockten am Straßenrand, alles verloren, mein Gott, alles! Man wunderte sich über Vicente, der sich plötzlich in seiner Hütte einigelte, teilnahmslos, ungerührt, wo er doch sonst immer so hilfsbereit, aufmerksam war, aber beschäftigt mit den Novenen zur Heiligen Barbara und all dem Flehen, die fettschwarzen Wolken in ihren Gedanken möchten doch endlich verschwinden, und all dem Gerenne, der Nachbarschaft und der Verwandtschaft zu helfen, achtete niemand mehr weiter auf ihn. Als das Wetter vorbei war, der Schlamm wieder Staub und der Februar seinen Lauf nahm mit massenhaft Dreck, war er wieder da, aber noch stiller, dafür umso zuverlässiger am Tresen der Bar von Auzílio, kaum dass der die Bretter vor seinem Laden auseinandergeräumt hatte, um sich einsilbig eine Flasche mit Schnaps füllen zu lassen, mit angelaufenem Kleingeld zu zahlen, das er aus winzigem Handel mit Eiern oder Gemüse erlöste, und zog sich dann wieder zurück auf das Grundstück hinter dem Zaun mit dem Schäferhundmischling, kochte sich was oder gar nichts, wie einige glaubten, die nicht einmal Rauch aus dem Schornstein kommen sahen. Wenn sich die Nacht breitgemacht hatte, nahm er den Pfad zwischen Honiggrasbüscheln bis unters Vordach von Senhor Anísio, wo er immer auf welche traf, die am Tisch saßen und scharf auf ein Spielchen um Geld waren: Caixeta, Truco, Siebzehn-und-Vier, Canasta, nahm in großen Schlucken dazu »Pedra-Lisa« und Wursthäppchen, Maniok, Jiló, Polenta, bis ihm die Augen zufielen und er stolpernd zur Unzeit mit schwerem Kopf seinen geschundenen Körper zur Ruhe brachte.

Da ging dann das Gerangel mit dem Patron los. Zé Pinto, enttäuscht vom erbärmlichen Zustand des Gartens – Gemüse vertrocknet und angefressen, das Ferkel verwurmt, der Hund voller Flöhe und Dasseln, von Blattläusen und Ameisen kahl gefressene Stauden, der Stacheldraht durchschnitten von Langfingern, die scharf auf die Hühner und Eier waren –, kam ab und an, brüllte und fluchte und schrie, drohte, ihn rauszuschmeißen, und tadelte sich selbst für sein weiches Herz, das ihn ständig Gott und die Welt unterstützen ließ, um als Dank nichts als Ärger zu kriegen, Verachtung ... Vicente betrachtete dann seinen dreckigen Zeh, der aus einem Loch in seinem Gummischuh lugte, und wartete still, bis die Predigt vorbei war. Kaum war dann das Röhren des DKW hinter den Hügeln verklungen, setzte er wieder verlegen den Flaschenhals an und ließ sich mit Schnaps vollaufen, den Blick auf die Drossel gerichtet, die zutraulich im Mangobaum von Zweig zu Zeig hopste. Und mit jeder Tirade zog es ihn stärker zum schmierigen Tresen der Bar von Auzílio und zum Scheiße- und Pissegestank aus dem Graben, der sich durchs Grundstück von Senhor Anísio zog, aus dessen Haus er bisweilen erst fest vom aufgehenden Morgen umschlungen gewankt kam, den Pfad entlang stolpernd, und sich dabei noch verirrte. Nicht einmal die Kinder hatten noch Achtung vor ihm, und auch nicht die Hunde, die ihm mit großem Radau folgten, wenn er torkelnd und lallend versuchte, das bisschen Kraft, das ihm noch in den Armen verblieben war, einzusetzen für Kleingeld, das sich sofort wieder in Schnaps auflöste oder in Händen voller Spielkarten.

Sein magerer, viel zu früh bucklig gewordener Schatten, der sich den Abhang hinauf und wieder herunter schaffte, löste sich in der Landschaft auf.

{da wurde der winzige rote Fleck, Katzenkratzer, Mückenstich, ein genüssliches Jucken am Nachmittag an der linken Wade, zu schmerzenden Schwären am linken Bein, die bei der geringsten Berührung ein Krampfen auslösten, die Zähne zusammengebissen, die Stirn in Falten, aus allen Poren Gestank, und dann war er nicht mehr bei Senhor Anísio am Tresen, verkroch sich unnahbar hinter die Umzäunung des Grundstücks, von wo aus er sich nachts hinter andere Häuser schlich, um im Abfall nach Essen zu wühlen, und bettelte in der Bar von Auzílio um seine Flasche mit Schnaps, bis Zé Pinto, erschüttert über seinen Verfall, ihn auf die Straße setzte und die verkommene Hütte dem Boden gleichmachte, deren Gestank alles verpestete, das abgemagerte Schwein mitnahm, den verlotterten Mischlingshund, seine Hühner, und der krummbeinige Vicente verschwand unter Flüchen, Beschimpfungen, Drohungen mit der Polizei und der Wache ins einsame Dickicht der Pitangasträucher oberhalb von Paraíso, wunderlich, ein Indianer, der Rindern, Pferden, Schlangenstörchen, Kuckucken und Bäumen das Wort predigte, als besoffene Vogelscheuche ein heilsamer Schrecken für ungezogene Kinder, ein warnendes Beispiel für tolldreiste Rotznasen, Gespött für die Halbstarken, bis man ihn schließlich leblos in einer Pfütze aus fauligem Blut liegend im Gelände fand, in die Krankenstation brachte, wo angewiderte Ärzte und Pfleger vor Ekel nicht hinsehen wollten, wie viele offene Geschwüre durch seine Haut brachen, und er in der Nacht von einem Donnerschlag wieder zu sich kam, sich die Infusionsnadeln rausriss und noch benommen im Krankenhaushemdchen das Fenster aufriss, feuchten Wind sein Gesicht streicheln spürte, seine schlotternden Beine nach draußen schwang und sich langsam und heimlich von dannen machte, im Schutz der Blitze, des Donners und der sich über die einsame Straße neigenden Gummibäume, in Vila Teresa die ersten Tropfen abbekam, unmittelbar vor Zé Pintos Gasse ein Blitz alle Straßenlaternen verlöschen ließ und die Dunkelheit sich der Welt bemächtigte, wo war die Mutter?!, seine

Finger über die schorfige Rinde des Mandelbaums glitten, der Regen immer stärker wurde, Schübe von kaltem Wasser seine Haut peitschten, stumpf, noch die Wirkung der Medikamente?, es blitzte, der Donner, er sich sich unter Vordächern vorantastete, umkehren wollte, weiterging, der Krankenhauskittel durchnässt, man würde ihn bald wohl vermissen, die Polizei rufen, und wenn man ihn fand, fesseln, einweisen, verschwinden lassen, niemand würde ihn je wieder finden, er stolperte, stürzte, rappelte sich wieder auf, weiter, weiter, der Unterschlupf, Regen reißt Schlamm von den sich auflösenden Hängen am Ufer, seine Füße versinken, er sieht nichts mehr, rutscht aus, der Boden gibt nach, er will schreien, ein Krater verschlingt ihn, zur Hälfte versunken im Abwasserrohr, zur Hälfte noch draußen}

DER TOTE

und löst das Wachs von der Kaufläche, schon schwirrt wieder Schmerz um die Ohren, droht wiederzukehren, stechend, gewissenhaft, summend, entzündet wie Feuer die ganze Wange, Frost zuckt durch den gemarterten Körper, kalt neigt sich die blaue Nacht, knurren Frösche, die Grillen zirpen, stieben Glühwürmchen in glühenden Funken auf, Eulenfluch, zaust der Wind durch gespenstische Bäume, der fette Sergeant lauscht in völliger Stille, peilt, wittert, das spärliche Wasser des Pomba gurrt fern, beide stehen stramm, der Jeep abgestellt leuchtet mit brennenden Scheinwerfern ins Gebüsch, er reibt sich die Hände, achtet genau auf die winzigste Regung des Vorgesetzten, schön könnten sie jetzt in der Amtsstube hocken, doch dann der Vorfall, nicht aus dem Kopf zu bekommen die aufgerissenen Augen, als hätte er damit den schwindenden Lebenshauch halten wollen, kein Tropfen Blut, so stark war die Klinge des Tabakmessers in die Herzlinie gedrungen, hatte sich derart in Muskeln und Fasern und Knochen gerammt, dass es nicht mehr zur Blutung kam, hatte versiert der Sergeant aufgeklärt, und auf vage Hinweise hin jagten sie nun den Mörder, »Engagement zeigen«, **Schreib dir das hinter die Ohren: Willst du weiterkommen im Leben, oder immer nur rumkrepeln? Na wie?**, hatte er ihn zusammengestaucht, den er eigentlich mochte, fast wie einen Sohn, und daher folgte er brav, wie auch jetzt an der Sehnsuchtsgeraden, Einöde mit wenigen Grundstücken nur, auf denen Vieh weidet, paar nichtsnutzige, klapperige Rinder, Zwerghühner und gewaltige, kastrierte Eber, stellte sich vor, wie der Mann im Gebüsch zwischen Grasbüscheln hockt »Intuition des Ermittlers« und der Zahnschmerz, das Zahnwachs pocht auf den Tisch der Polizeiwache, kümmern uns drum, wird nichts sein, dachte er, Streit unter Betrunkenen, doch kein Mord am eisigen Donnerstag, als er den Stacheldrahtzaun überwand, *Scheiße!*, ein Riss in der von Kletten gesprenkelten Uniform, staubig, nachdem er einen Abhang hinuntergerutscht war, auf dem Hintern, die Zecken, die sich in seine Haut krallen, hatte ihm von der Karies erzählt, und der Sergeant, gemütlich die Stiefel auf dem Stuhl, **Reiß doch raus**, hatte sich still in die Tür gestellt und den paar Leuten auf der Straße zugeschaut, die sich nach Hause schleppten, in Jacken gehüllt, den Kopf eingezogen, **Geh in die Apotheke und kauf eine Dose Lustosa-Zahnwachs, große Klasse!**, hatte sich über die Taschen getastet, kein Heller, die Mutter im Bett, Zipperlein, mit denen sie Ärzte behelligte, sie, die sonst nie klagte, **Taquim, ach, meine Zeit kommt wohl bald, bald werde ich da sein, wo dein Vater schon ist, Sag doch so was nicht, Mutter, beschrei's doch nicht**, eine Statue, der Sergeant, lauert beharrlich, das Käppi unter der Achsel, in die Stille, der ist wie geboren dafür, und wenn es sein eigener Bruder wäre, der getötet hat oder gestohlen, er würde ihn ohne mit der Wimper zu zucken festnehmen, ihn wenn es sein muss persönlich verprügeln und wenn er Widerstand leistet am Gitter festketten und mit dem Knüppel bearbeiten, **die Welt gerät aus den Fugen, weil es keine Kerle mehr gibt, wer einen Fehler macht, muss dafür geradestehen, steht doch so in der Bibel, weil keiner mehr die Zügel in der Hand hält, fürchten die Söhne die Väter nicht mehr, machen sich Töchter über die Mutter lustig, Schwager betrügen sich gegenseitig und Sodom und Gomorra! Gottseidank gibt es noch Leute wie Doktor Aníbal, ein Griff in die Scheiße, und zack aufs Ohr, woll'n doch mal sehen, wer das Sagen hat**, schade nur, dass er nicht auch an die Schnösel aus gutem Haus rankam, aber wenn der Chef es bestimmte, knöpften sie sich diese langhaarigen Trottel vor und schoren ihnen die Mähne auf Millimetermaß, schnappten die Gammler und der Sergeant knallte ihnen das nasse Handtuch genau auf die Rippen, Blut soll es pissen, das Element, **Und man sieht nichts, guck mal**, Carneiro machte seine Arbeit gern, aber es regte ihn auf, wenn er einen von denen zu fassen bekam, und der, pass mal auf, Neger, weißt du eigentlich, wen du vor dir hast?, dann pass mal gut auf, du Lakai, mein Vater ist Doktor soundso, und ich mach dich fertig, wenn du mir auf den Sack gehst, und er den Schwanz einziehen musste, eingeschüchtert, am Monatsende blieb sowieso kaum was übrig, dann hielt er sich eben an Hühnerdiebe, Haschbrüder, Tunten und Frauen aus dem Gewerbe, **Carneiro, spring doch mal rasch rüber ins Mocambo, kauf Brot mit Salami für uns,** rief der Sergeant, Carneiro, **füll mal bei Gerson die Thermoskanne,** Carneiro dies und Carneiro das, er tat ihm gern den Gefallen, man munkelte über Nebeneinkünfte, was Leute so reden, Gerüchte, er aber bewundert ihn, sogar der Bürgermeister hat ihm schon mal die Hand gegeben, als sie damals den Typen geschnappt hatten, der besoffen im Rathaus randaliert hatte, hatte ihm eins mit der Gürtelschnalle verpasst, dass er das Trinken wahrscheinlich für immer hat sein lassen, ohne erst zu den Anonymen zu gehen, **Das Übel der Welt,** stellte er lehrerhaft klar, **ist, dass die Leute nicht mehr ihren Platz kennen: Um weiterzukommen im Leben, musst du dich mit dem Besitzer der Schweine gutstellen,** »Engagement zeigen«, Funken verglühen über den sternklaren Maihimmel, der

Der eisige Donnerstag neigte sich seinem Ende zu. Fast schon acht Uhr, und der Alte und der Bursche warteten als einzige Zuschauer gegen den klapprigen Bambuszaun gelehnt, rauchten und ließen hin und wieder ein paar Worte fallen. Die löcherige Plane, die im eisigen Wind flatterte, spannte sich über die kleine Manege, die winzige Bühne. Das Schauspiel konnte gut vierzig, fünfzig Minuten lang gehen, je nach Begeisterung, zu der sich die Zuschauer hinreißen ließen. Pedroso gab alles und machte alles, immer neue Kostüme in der improvisierten Garderobe: Zylinder und Frack zur Begrüßung, »hochverehrtes Publikum« in selbstausgedachtem Ausländerakzent, sprach als verblasster Torero gestelzt und nach Mottenpulver stinkend einen Monolog aus selbst angesehenen und unterwegs immer im Radio gehörten Tragödien auf: »das abenteuerliche und wechselvolle, gefahrvolle Leben der über alles erhabenen Gattung Mensch, der anzugehören ich mich zu rühmen die Ehre habe«. Dann kam Pitico, gehörlos geboren und gegen Kost und

Logis mit dabei, im Clownskostüm in die Manege, um den dürren, großhörnigen, orangefarbenen Stier mit dem müdem Blick dessen, der Abend für Abend dasselbe herunterspult, anzustacheln. Dann kam das hinausgezögerte »Grande Finale«: Auf dem uralten Schallplattenspieler von Philips erklang quietschend *Blutige Arena* zur Ankündigung des großen Auftritts, in dem ein roter Umhang erhaben das gelangweilte Kalb niederringt.

Manchmal überlegte er schon, dieses Zigeunerleben aufzugeben, das ihm nicht mal mehr Spaß machte – vom Geld ganz zu schweigen ... Die ganze Arbeit, jedes Mal neu den Palisadenzaun hochziehen, abbauen, wie ein Kolibri von einem Ort zum anderen, Stadtränder, Bolzplätze, der hellblaue 51er General Motors, der auseinanderfallende Wohnwagen, der zerbeulte, rostzerfressene Willy's Rural – was blieb? An einen neuen Lastwagen war nicht zu denken, an eine neue Schallplatte, die alte, zerkratzte hing manchmal und die Nadel sprang, und schon wurde aus Spannung Gelächter, den Wohnwagen reparieren, in den es reinregnet, das ganze Bettzeug wird nass, Kleidung, Kostüme, die fünf oder sechs Bücher, alles schon muffig ... Und immer weniger Zuschauer ... Schwierige Zeiten, es hatte doch keiner mehr was, und wenn schon Zirkus, dann wie bei den Gringos, mit schreienden, prächtigen Attraktionen wie Todeskugel, Akrobaten und Frauen mit Bart, Elefanten im Baströckchen und ballspielenden Bären, Hundeballett und dressierten Löwen und Tigern, Seiltänzern, Jongleuren, Zauberern, Clowns und halbnackten Frauen. Na ja, und dann noch das Fernsehen ... Sie litten schon manchmal Not ... Man braucht nur die Zeltplane anschauen, zum Lachen ... Alt, hatte Unwetter mitgemacht, Sturm, und wenn sie einen Riss hatte, wurde sie eben geflickt. Aber der Hagel in Senhora de Oliveira hatte das Wachstuch durchlöchert ... nicht mehr zu reparieren ...

Er überlegte: Sich einen Ort suchen, den Laster für Umzüge oder Transporte vermieten, die Tochter beklagte sich völlig zu recht, zwölf Jahre alt, keine Freunde, kaum Schule, die Frau sah müde aus, anfangs war alles noch Spaß, Städte, Dörfer, Ortschaften, Ansiedlungen, aber nun tun die Gelenke weh, Rückenschmerzen ... Besser wird's nicht mehr ... nichts ... Wozu immer weiter auf Messers Schneide einprügeln? Sesshaft werden … Bald schon kämen die weißen Haare … Das Gedächtnis lässt nach …

Aus dem Schatten der Licaniabäume stakste Cirino unsicher auf Doktor Aníbal Resende zu, der nach der Sitzung des Lions Clubs gut gelaunt die Treppe herunterkam.

»Doktor! Doktor!«

Der Polizeichef blieb stehen, schaute auf die Uhr, Viertel nach neun, kalt, und steckte sich eine Zigarette an.

»Doktor! Doktor!«

Er beruhigte die erschrockenen Lions-Kameraden, »Wird nichts von Bedeutung sein … Schnapsbrüder unter sich … Gute Nacht! Gute Nacht! Bis morgen! Bis morgen!« und steuerte auf die Funkstreife zu, die auf der anderen Straßenseite geparkt hatte. Eskortiert von dem Polizisten, der taumelnd stammelte »… in der Gegend … Beira-Rio … sieht aus wie ein Verbrechen … Tot …« ging er zum Wagen und überrumpelte den Rekruten, der auf der Beifahrerseite einem Schulmädchen Versprechungen ins Ohr säuselte.

»Soldat!«, brüllte er und verscheuchte den Pferdeschwanz, der, Bücher und Hefte im Arm, zwischen den Bäumen der düsteren Rua Pomba verschwand und mit dem Tock-tock-tock seiner Holzlatschen auf dem Kopfsteinpflaster schlafende Hunde aufschreckte.

»Entschuldigen Sie, Doktor …«

»Was ist denn mit Ihrem Bein los, Cirino?«

»Keine Ahnung … Doktor … Arthritis … sagt der Arzt …«

Die Schuhsohle zerdrückte den Zigarettenstummel, er schlüpfte aus seinem Jackett, hängte es über den Beifahrersitz, stieg in den Polizeiwagen, schlug die Tür zu, ärgerlich. »Guten Abend, Cirino!« »Guten Abend … Doktor.«

»Was ist passiert?«

»Doktor … Bitte verzeihen …«

»Was ist los, Soldat!? Doch wohl kein Mord?«

»Doch …«

»Scheiße!«, er knallte die Faust auf das Armaturenbrett.

Kaum war der erste Zeltnagel eingeschlagen, klingelte schon auf der Wache das Telefon. Sofort sprangen Sergeant Narciso und Soldat Reis in den Jeep, und keine Stunde später stand schon der Mann aufgelöst und in Schlips und Kragen, stocksteif und nervös in der Ecke des Vorzimmers, Stimmt etwas nicht?, der Dienststellenleiter möchte nur ein paar Wörtchen mit Ihnen reden, deuteten sie geheimnisvoll an. Auf einem verblichenen Sofa mit hervortretenden Sprungfedern eine Frau mit geblümtem Kopftuch, Baumwollkleid, wartete stumm auf die Verlängerung des Ausweises für ihren Sohn, neben ihr ungeduldig im Stehen eine mit roten Augen und Fingernägeln, die hochmütig die Frau gegenüber anstarrte, die mit gesenktem Kopf auf der Bank kauerte, »Männergeschichten«, wie der Diensthabende protokollierte, in der Hocke suchte ein Betrunkener sein Gleichgewicht, einer aus dem Hinterland gab das Verschwinden eines Ferkels zu Protokoll. Auf dem Tisch türmten sich Pappordner, genervt wühlte der Protokollant in aufgerissenen Schubladen nach dem Formular für ein Führungszeugnis, Fehlt mir noch das eine Papier, um mich in der Fabrik zu bewerben, tat der Bursche dem unbeteiligten Publikum kund.

Doktor Aníbal Resende, die Zigarette zwischen den Fingern, trat ein, ging wieder raus, gab Anweisungen, unterzeichnete Zettel, ging drüben bei Gérson einen Kaffee trinken, brüllte, beschwerte sich, regte sich auf. Nach mehr als eineinhalb Stunden bekam er den »Zirkusmann« vorgeführt.

In dem von Tabakqualm muffigen Büro beherrschte das von Kompendien, Nachschlagewerken, Merkheften, Traktaten, Monografien, Memoiren, Jahrbüchern, Broschüren, Enzyklopädien überquellende Regal die ganze rechte Seitenwand. Links ein großes Fenster, dessen Flügel sich über der Krone eines Ficusbaums öffneten und durch das man bis auf das andere Ufer des Pomba schaut, auf das Krankenhausskelett und über die Dächer von Vila Teresa. Argwöhnisch ließ Doktor Aníbal ihn nähertreten und mühte sich, zu erraten, wer sich wohl in diesem veralteten Anzug verbarg, der nach Schrank muffelte, in diesen abgetretenen Schuhen, mit Brillantine nach hinten gekämmtes Indianerhaar, Clark-Gable-Schnurrbärtchen, scheuer Blick, nicht groß, aber auch nicht klein, dunkler Teint, gelb wie von einem Nierenleiden.

Er drückte hingebungsvoll die Zigarette in den überquellenden Aschenbecher, etwas Asche fiel daneben, er wischte sie mit dem rechten Handrücken über den Tisch, pustete, schob den Rest auf den staubigen Fußboden.

»Sie wissen, warum Sie hier sind?«

»Nein, Senhor.«

»Gut. Mein Name ist Doktor Aníbal Resende!«

»Permínio Pedroso Alves, zu Ihren Diensten«, erhob er sich leicht, streckte die Hand aus, zog sie dann unsicher wieder zurück.

»Herr Alves.«

»Nennen Sie mich gerne Pedroso ...«

»Herr Alves«, wiederholte er streng. »Wer hat Ihnen die Genehmigung erteilt, diesen Stierkampf hier auszurichten?«

»Genehmigung?«

»Ja, Genehmigung! Jeder von auswärts muss sich hier bei mir anmelden. Selbst auf der Durchreise. Wenn es gewerblich ist, sowieso ...«

»Bitte entschuldigen Sie, Doktor, aber ich war schon in vielen anderen Städten, sogar größeren, da wurde das nie verlangt.«

Der Dienststellenleiter schlug wütend mit der Hand auf die Tischplatte. Er stand auf, rot im Gesicht, steckte sich eine Zigarette an und polterte:

»Genau deswegen, deswegen geht es mit diesem Land nicht voran! Niemand hält sich mehr an die Regeln! Wenn sich alle verhalten würden wie wir, und damit will ich mich gar nicht besonders hervortun, ich tue ja nur meine Pflicht, aber wenn alle es so machen würden wie wir, sähe es in Brasilien anders aus, ganz gewiss!«

Er nahm wieder Platz.

Verängstigt wusste der Mann in seinem Anzug nicht mehr, wohin mit seinen Händen und Augen.

Doktor Aníbal schüttelte die rote Thermoskanne, kippte einen Rest lauwarmen Kaffees in die Tasse, gab Zucker dazu, rührte um, führte den kleinen Löffel zum Mund, leckte ihn ab, trank den Kaffee mit einem Schluck aus.

»Dokumente?«

Pedroso kramte aus der Innentasche seiner Jacke ein Bündel Papiere heraus, in eine Plastiktüte gewickelt und zusammengehalten mit Gummiband, faltete alles auseinander und reichte es ihm.

»Reservist dritter Kategorie?«

»Ich wollte mal Priester werden ... arme Familie, große Familie ... eine Ausbildung kriegen ...«

»Und dann aufgehört?«

Er nickte ertappt.

»Aber katholisch sind Sie immer noch?«

»Ja ... Also, nicht praktizierend ...«

»Wieso ›nicht praktizierend‹?«

»Ach, bei dem Leben, das ich führe ...«

»Aber Sie beten?«

»Natürlich ... Ich habe schon meinen Glauben ... Der Gute Herr von Bonfim ...«

»Hat der Gute Herr von Bonfim nicht auch mit Macumba zu tun?«

»Macumba?«

»Ja ... soweit ich weiß ...«

»Nein, Herr Doktor ... Ich bin katholisch erzogen, apostolisch, römisch-katholisch ... Ganz in der Nähe meiner Stadt.«

»Monte Azul?«

»Ja genau.«

»Wo genau liegt das?«

»Im Norden von Minas ... Fast schon Bahia ...«

»Und wie hat es Sie ins fahrende Gewerbe verschlagen?«

»Die Not treibt die Menschen, Herr Doktor. Eines Tages war ich es leid ... wollte mein eigener Herr sein ...«

Der Polizeichef schleppte seine Unruhe ans Fenster. Es dunkelte bereits. Gerade hatte die Sirene von Industrial sechs Uhr angezeigt. Scharen von Spatzen zwitscherten in den Licania- und Ficusbäumen zur Nacht. Fahrräder hasteten über die Straßen der Ruhe entgegen. Sergeant Narciso berät sich unter dem Mangobaum mit einem Zivilisten. An der Bushaltestelle eine Zusammenrottung. Am Kopf der Neuen Brücke schwadronieren der Mann mit der Zuckerrohrpresse und der Orangensaftverkäufer, während sie ihre Stände abbauen. Gérson will gerade das Rollgitter am Laden gegenüber herunterlassen. Cataguases zieht sich zurück in die Gemächlichkeit der Vierzigwattglühbirnen in den Arbeiterhäusern. Er schaute gern diesem Treiben zu – diese Ruhe, die Behaglichkeit, die diese Stadt ausstrahlt, verdankt sie zu einem großen Teil ihm. Ohne seine Wachsamkeit wären aus all diesen Fabrikhallen hier längst schon Nester des Aufruhrs geworden. Man wirft ihm Gewalt vor, Brutalität, aber ist es nicht so, dass nur Autorität Eltern hilft, ihre Kinder gut zu erziehen? Ein Hahnentritt bringt ein Küken nicht um, sagt der Volksmud. Und genaugenommen sieht er in den Übergriffen nur ein notwendiges Übel. Eine Schlange tötet man, indem man ihr den Kopf abschlägt: Statuiert man an den Fanatikern ein Exempel, ziehen die Mitläufer ihren Schwanz ein. Zé Rosa zum Beispiel. Gewerkschaftsführer, zettelte Unordnung an, Streiks, Posten vor den Fabriktoren, Demonstrationen. Jetzt, wo er in Linhares, der Vollzugsanstalt von Juiz de Fora, hinter Gittern saß, ja wo sind denn da all die Streithähne, die sich mit der Polizei anlegen? Eine einzige faule Orange kann eine Ernte versauen. Wie viele Eltern hatten ihn nicht schon in aller Öffentlichkeit angesprochen, sich dafür bedankt, dass er ihren Sohn wieder in die Spur gebracht hatte?! Heute, solange sie jung sind, protestieren sie, lehnen sich auf, Flausen im Kopf, aber die Zeit! Heiraten, Vernunft annehmen, anständig werden; man wird sich noch an ihn erinnern. Doktor Aníbal, das waren noch Zeiten! Er seufzte und kehrte hinter seinen Schreibtisch zurück. Zündete sich eine Zigarette an.

»Einer wie Sie, mit einer gewissen Bildung, der keine Ruhe kennt ... könnte ein Agent der Zersetzung sein ...«

»Was für ein Agent?«

»Zersetzung ... einer der, anscheinend unbedarft ... lesen Sie gern?«

»Meine Leidenschaft ...«

»Leidenschaft?!«

»Bücher ...«

»Was für Bücher?«

»Abenteuer ...«

»Abenteuer?«

»Ja, Jules Verne, Gulliver, Schatzinsel ... Und Theater ...«

»Theater?«

»Na ja ... ich ... ich führe etwas auf ... ein kleines ... vor dem Stierkampf ... ein Monolog ... war früher mal länger, aber ...«

»Ein Monolog?! Von wem denn?«

»Von mir selbst ...«

»Aha, den müssen Sie mir vorlegen! Das muss über meinen Schreibtisch gehen!«

»Zeigen?«

»Ja, den Text!«

»Aber das hat keinen Text ...«

»Wie, es hat keinen Text?«

»Na ja, es ist ein ... das Leben des Stierkämpfers ... Hab ich selbst mal geschrieben ... in meinem Kopf ...«

»Nun, dann müssen Sie es eben aufsagen!«

»Jetzt?«

»Jetzt.«

»Aber ...«

Er stand auf, zündete sich eine Zigarette an, riss die Tür auf, »Sergeant! Sergeant!«. Dessen fettes Gesicht schob sich ins Vorzimmer, »Bring deine Untergebenen her! Unverzüglich!« Narciso zog seinen Bauch ein, warf sich in die Brust und kam mit Getöse und drei Soldaten hereingestürmt.

»Ja, Doktor!«

»Lehnen Sie sich ans Regal. Der Herr Alves hier wird uns was aufführen.«

TÖTUNGSDELIKT

Vergangenen Donnerstag wurde die Polizei gegen 19:40 aufgrund eines Vorfalls zur Avenida Veríssimo Mendonça, Stadtteil Beira-Rio gerufen, der sich als Tötungsdelikt herausstellte. Beim Eintreffen am Tatort, einer Stierkampfarena auf einem als »Bolzplatz« bekannten Gelände, fanden Sergeant Narciso und der Soldat Carneiro das Opfer vor, das als Permínio Pedroso Alves, 48 Jahre, »Zirkusbesitzer« ohne festen Wohnsitz, identifiziert wurde und zu diesem Zeitpunkt bereits leblos und bäuchlings am Boden lag, mit einer Verletzung im Brustbereich, welche von einer Stichwaffe, ähnlich einem Messer herrührte. Augenzeugen benannten als

Tatverdächtigen den beschäftigungslosen Rinaldo Soares Neto, genannt »Netinho«, der sich zunächst seiner Festnahme entzog. Den unmittelbar eingreifenden Beamten Sergeant Narciso und Soldat Carneiro gelang es schließlich, den Genannten, der sich in einem Gebüsch entlang des als »Sehnsuchtsgerade« bekannten Straßenabschnitts versteckt hielt, festzunehmen. Der örtlichen Polizeistation zugeführt, war »Netinho« den Behörden gegenüber geständig. Polizeichef Doktor Baccalaureus Aníbal Resende sieht als Motiv der Tat »niedere Beweggründe«, da sich der Beschuldigte nach Aussage mehrerer Augenzeugen stark alkoholisiert kostenlos Zutritt zur Aufführung des Opfers habe verschaffen wollen, und als dieses ihn daran hatte hindern wollen, sofort mit Gewalt reagiert hätte, ohne dem Opfer Gelegenheit zur Selbstverteidigung zu geben. Der Tote wurde zur Obduktion ins städtische Leichenschauhaus verbracht. Der Täter befindet sich im örtlichen Gefängnis im Gewahrsam der Justizbehörden.

(*Correio da Cidade*, Sonntag, 19. Mai 1975, Polizeibericht, Seite 4)

HABSELIGKEITEN

Plötzlich wachte sie auf, aufgeschreckt, Traum oder Atemnot, **braucht es Arbeit, ein friedliches Heim, Linderung der Krankh,** stand auf, schaltete den Fernseher aus. Seit einiger Zeit schon so antriebslos, im Kopf schwer, dicke Beine, schleppte sie ihre Krampfadern durch das Haus. Nachmittag, Zikaden sirren, ein Dreck, Kinder, Fahrräder, Fußbälle, Streit, Musik, alles durcheinander, lehnte sich in das zerschlissene Sofa, dessen Nähte schon aufgeplatzt sind, und ließ, zwischendurch wegdämmernd, Telenovela in Nachrichten in Telenovela übergehen, verwoben zu Fäden eines einzigen Geflechts aus Figuren und Handlungen in einem düsteren Mischmasch, das am Morgen darauf Mirtes, die Nachbarin, lachend in die Reihe zu bringen versuchte, ohne je einzugestehen, dass sie sich setzte, einnickte, gleich welche Uhrzeit, ein Jammer, am Tag schlafen nur Vagabunden, sie machte sich Sorgen, die Mutter in schlaflosen Nächten, die Stille, die sich in den Straßen breitmachte, die Wände der Häuser entlangstrich, wälzte sich im Bett, Augen zu, wieder auf, geht ins Bad, vergewissert sich, ob die Türen auch wirklich verschlossen sind, schaut noch mal nach, ob Barão auch im Haus ist, die Wäsche nicht mehr auf der Leine hängt, ist das normal, dieses Geräusch aus dem Kühlschrank?, rüttelt jemand am Gartentor?, Regen?, Geh'n Sie doch mal zum Arzt, Frau Juventina, riet Mirtes, Ach, Unsinn, widersprach sie unbelehrbar, Kann doch nicht schaden, Frau Juventina. Früher hatte sie immer noch noch Untersetzer, Tischtücher gehäkelt, Kreuzstich, Stickmuster, Lochmuster, Babyschuhe, Schals, Tischläufer, Mützen, Taschen, es hatte nicht an Bestellungen gemangelt, sogar mit dem Auto kamen sie bis nach Paraíso ... Nun lässt die Sehkraft nach, die Kraft, große Mühe schon, die Spinnweben von der Decke zu fegen, die Wäsche aufzuhängen, Geschirr in die Sonne zum Trocknen zu stellen, einen Knopf anzunähen, zu flicken, der Korb mit dem Garn und den Nadeln liegt hinten im Schrank, die Gelenke tun weh, in der Brust schmerzt es, ihr Körper gehorcht ihr nicht mehr, wie ein verlassenes Haus, das zusammenfällt. Die Nachmittage verbrachte sie kraftlos auf der Treppe, unter dem Espinheira-Baum, den Cléber, der Älteste, mal gepflanzt hatte, noch mit dem Vater, als sie noch kaum da waren, noch kein Wasser, keinen Strom, keine Straße hatten, das Abwasser ging noch in die Sickergrube. Kaum war die Sonne verschwunden, ging er schon mit der Gießkanne »seinen« Baum wässern. Wenn er groß ist, wird er Schatten fürs Haus spenden, sagte ihr Mann stolz – nun war niemand mehr da, um das zu genießen ... Sie müssen mal rausgehen, Frau Juventina, unter die Leute gehen, riet der Arzt. Nach dem Mittagessen nahmen lächerlich aufgeplusterte Witwen, Geschiedene, Jungfern aufgetakelt den Bus, um zu lästern, Karten zu spielen, zu tanzen, eng aneinandergeschmiegt mit verwitwet geschiedenen alten Junggesellen billig und blöd parfümiert, voller Illusionen, armselig sie alle, die Jugend noch nicht im Gedächtnis begraben, im Spiegel doch deutlich die weißen Haare, schütter, welke Brüste, Hautlappen und Knochen, die Herzschwäche, fahrige Hände, trübe Sicht, die verbissenen Krampfadern ... Der Januar facht einen Großbrand der Sterne an. Ihr ist warm. Sie reißt das Fenster auf, kein Lüftchen. Barão bellt, sie bringt ihn zum Schweigen. Er hatte auf einmal im Garten gestanden, mager bis auf die Knochen, verletzt, scheu, wie genau, wusste keiner, das Törchen war doch immer zu. Sie hatte in der Nachbarschaft herumgefragt nach dem Besitzer, ihn dann gewaschen, die Wunden versorgt, aufgepäppelt, ihn lieb gewonnen. Mirtes hatte ihm seinen Namen gegeben, weil er dem Baron auf dem Tausend-Cruzeiro-Schein ähnlich sah. Zu nichts nutze, schläft nur und frisst, hält nicht einmal Fremde ab, wedelt jeden Dahergelaufenen freundlich an. Sie bindet ihn immer unter dem Fenster an, denn man kann ja nie wissen. Sie lässt es offen, wegen der Hitze, doch einmal ist sie aufgewacht, am Kopfende stand ein junger Kerl mit einem Dolch, Ruhig, Oma, sonst, drohte er, und ein anderer wühlte in ihren Sachen. Sie nahmen etwas Kleingeld mit von ihrer Rente, die sie in einer

Schuhschachtel mit den Dokumenten aufbewahrte, das Batterieradio, den Wecker, das Goldkettchen mit dem Anhänger der Lieben Frau vom Berg Karmel, hat es nicht einmal angezeigt, nur in der Nachbarschaft herumerzählt, hatte welche von da im Verdacht, die mit Rauschgift zu tun hatten, sie taten ihr leid, musste an Renatim denken, was soll bloß noch aus der Jugend werden, mein Gott? Sie kaufte sich einen Radiowecker auf der Straße beim Bahnhof und gewöhnte sich an, alles abzuschließen, Jetzt, wo du alleine bist, riet ihr Mirtes, sind andere Zeiten, die Küchentür nur angelehnt, wer kam, schob sie langsam auf, sie sprang aus dem Bett, Hast du Hunger?, holte den Teller mit Essen aus dem Backofen unter dem Gasherd zum Aufwärmen im Wasserbad, blieb dabei, ließ die Zeit vergehen, schaute zu, wie die Gabel ihren Dienst versah, freute sich. Cléber, Verônica, Cassiana ... Renatim ... Sie legt sich hin, das Nachthemd klebt am ganzen Körper, zündet eine Mückenspirale an. Die Mädchen hassten das Viertel, alles so weit weg, mussten zur Arbeit schon früh aus dem Haus, erst ein Stück laufen, dann den ersten Omnibus nehmen, um zehn nach fünf unten in Beira-Rio, Verônica nach Industrial, Cassiana zu Irmãos Prata, und jeden Morgen das Gezänk, schimpften, stritten, wollten nicht mehr Brei aus Maismehl und Ei, altes Brot, wässrigen Kaffee und verschwanden schläfrig in der Dunkelheit, in die Hölle der Weberei, stumpfsinnig und mit den Gedanken ans Wochenende, das noch so weit weg war, die Praça Rui Barbosa, den Popcorn- und Sandelholzduft, voller Träume von reichen Verlobten, Leuten von außerhalb, die sie befreien würden aus dem Lärm der Webstühle, vom drögen Alltag ohne jede Aussicht. Immerzu das Gemecker!, die Überheblichkeit, dieser Stolz! ... Cléber tat sich auch schwer mit der Entfernung, doch er war unabhängig, was den Transport anging, schwang sich auf sein Fahrrad und zischte bergab in die Wattefabrik ... Damals war Milton schon unterwegs und verkaufte als Reisender Sachen aus Gips für eine Firma in São Paulo, Kolonnaden, Seifenschalen, Heilige, Bilderrahmen, Kerzenständer, Figuren ... Ging montags hinaus, früh am Morgen, und kam mit Augenringen am Freitag oder erst samstags zurück, voller Wanzen aus billigsten Absteigen und Hotels, Ouro Branco, Congonhas do Campo, Ipatinga, Coronel Fabriciano, Timóteo, Itabirito, João

Monlevade, Nova Era, unwirklicher Geografiezauber zur Belustigung von Renatim, der ihm aufgeregt lauschte und sich vorstellte, Wenn ich größer bin ... ahnten ja gar nicht ... Und half beim Aufräumen, Fegen, Möbelabstauben, im Garten, beim Gießen, die Hühner versorgen, erledigte Dinge, schwänzte die Schule, anstatt die Schulbank zu drücken, tat er den Leuten Gefallen, für Kleingeld, Frau Juventina, kann Renatim für mich runter in die Stadt gehen? Frau Juventina, kann Renatim mir mal helfen, die Ziegel nach oben zu schleppen?, Frau Juventina, kann Renatim mal für mich was am Busbahnhof abholen?, Lass nur, Mutter!, zum Ärger des Vaters, der gern seine Kinder gebildet gesehen hätte, mit schöner Handschrift und gut in Mathematik, aber sie zeigten nicht das geringste Interesse, ließen die Schule irgendwann alle sein, Anfang der fünften oder sechsten Klasse, als sei es ihnen von Anbeginn so bestimmt gewesen. Frau Juventina, warum lassen Sie sich nicht vom Arzt ein Beruhigungsmittel verschreiben? Mirtes stopft sich voll damit. Nein, das Problem sind die Mücken, summen in den Ohren, nervtötend, sprenkeln das Bettlaken mit winzigen Bluttupfern, lassen es auf der Haut jucken, überall Pusteln, als reichten nicht schon die von Arthritis krummen Finger ... ein Auto huscht schnell über die holperigen Pflastersteine, schreckt sie auf, das Herz rast, sie hat einen Termin in der Gesundheitsstation bei Doktor Rodrigo, dem Sohn von Herrn Lino vom Supermarkt, den kennt sie schon, seit er noch in kurzen Hosen Waren ausgeladen hatte, um seinem Vater zu helfen, nun ganz in Weiß, Brille, sehr elegant. Nein, du alberne Gans, kurzatmig, dicke Beine, Druck auf der Brust, Schwindelgefühle, Nein, ich lebe getrennt, ganz alleine in Paraíso, Habe ich, aber sie wohnen hier nicht mehr. Weniger Salz essen, fettreiche Nahrung meiden, eine halbe Stunde am Tag gehen, wenigstens, und, das Wichtigste, Frau Juventina, Sie müssen mal unter die Leute, sich ein bisschen umsehen, die Medikamente sind nur eine Hilfe, doch nein. In Embu, Verônica hat dort ein Haus gebaut, war sie noch nie, kennt es aber von Fotos, wenn sie mal Weihnachten in Cataguases war, Jahre her, Kinder, viel zu tun, weg ist sie, ruft ab und zu an, Geht es dir gut?, als würde sie fragen, lebst du immer noch?, erzählt dann zwei, drei Sachen, irgendwas, Unwichtiges, Macht ganz schön Mühe, die Kinder hier großzuziehen, Weiß ich, Tochter, ich sehe das immer im Fernsehen. Als sie krank wurde, rief sie an, überlegte, sie zu sich zu nehmen, eine Zeit mit den Enkeln würde ihr gut tun, allerdings seien sie gerade in einer sehr schwierigen Lage, die Arbeit von Roque nicht sicher, Ich verstehe das, Tochter, verstehe. Als sie frisch verheiratet war, hatte sie mitten in der Nacht an ihr Fenster geklopft, Mutter!, Mutter!, in Tränen aufgelöst, der Mann betrunken, Nicht seine Schuld, er war arbeitslos, durcheinander, mit den Zahlungen für Strom und für Wasser im Rückstand, Zurück nach São Paulo, das wäre die Lösung, sie lieh ihnen Geld, sie verkauften die wenigen Möbel und packten die Koffer, nahmen den Bus, winkten, mieteten sich eine Bleibe, fanden Arbeit bei einer Familie und auf dem Bau, wurden gläubig, kauften sich ein kleines Grundstück, zogen ein Häuschen hoch, zwei Kinder ... Auf Verônicas Fußspuren, die ihn am Anfang dabei unterstützte, durchforstete Cléber die Stellenanzeigen im **ESTADO DE S. PAULO**, bis er etwas gefunden hatte, Lagerist bei Volkswagen in São Bernardo do Campo. Wenn er frei hatte, kam er noch manchmal auf einen Kaffee, immer seltener, je ernster die Sache mit Quitéria wurde, dann die Verlobung, Hochzeit, Verpflichtungen – bis er sich völlig zurückzog. Kaum noch Nachricht aus kurzen Briefen – später dann regelmäßige Anrufe zum Geburtstag, zu Neujahr, dieses Jahr geht es nicht, ich habe meinen Urlaub verplant, um das Haus fertig zu bekommen, Dieses Jahr nicht, weil wir zu Quitérias Familie nach Paraíba fahren, Dieses Jahr nicht, weil wir alles fürs Baby bereit machen müssen, Dieses Jahr nicht, Quitéria ist doch noch im Mutterschutz, Dieses Jahr nicht. Verônica stichelte, Reich ist er geworden, der eingebildete Kerl, macht sich nichts mehr aus uns. Umso überraschter war sie, als er sie aufgeregt einlud, Komm, ich bezahle das, lass es dir mal gut gehen, besuche Verônica, ja, ruhig vier oder fünf Monate, nachdem Milton, der Schwachkopf diesen ... Mist ... gebaut hatte ... Wenn Reue töten könnte ... Sie hatte es ja geahnt ... Kam nichts Gutes bei heraus ... Die Schlampe! ... Geschieden, schon mit einem Ruf, hatte ihm eine Falle gestellt, er war hineingetappt, der Trottel ... Herr Milton hier, Herr Milton da ... Ein Kaffee?, gerade frisch fertig ... Er blieb fort; wenn man ihn ansprach, reagierte er gereizt, Bist eifersüchtig auf diesen Hungerhaken, Alte? Ich leiste ihr doch nur Gesellschaft, was ist schon dabei? Der Junge nennt mich Großvater, stell dir mal vor, wie süß!, Die Leute sehen in allem gleich Böses ... In der Bar bei Auzílio ließ er heimlich anschreiben – Zigaretten, Lebensmittel, Getränke –, ertappt regte er sich auf, Sie tut mir nur leid, Juventina, der Vater des Jungen hat sie sitzen lassen, ist abgehauen, um keine Alimente zu zahlen, Und weißt du auch, warum?, weil sie es nicht anders verdient, weil sie eine Schlampe ist! Er hatte sich wütend nur noch mehr zurückgezogen, die Türen geknallt, wenn er zu Unzeiten wiederkam und seine Kleider nach Rosenöl stanken, Du machst dich zum Clown, Milton, merkst du das nicht? Sie lachen dich aus, hinter deinem Rücken, du hältst sie aus, und sie treibt es mit Hinz und Kunz!, Milton, wie peinlich!, in deinem Alter!, Die Leute haben wohl keine anderen Sorgen, Juventina, wenn sie nichts zu reden haben, was sie nichts angeht, sterben sie, Nimm doch Vernunft an, Milton, das wird böse enden. Vermied es, den Kindern davon zu erzählen, wollte sie schonen, sie hatten auch so schon Probleme und nun auch noch das, Milton hatte eine Affäre mit einer jungen Frau, die gut und gern seine Tochter sein könnte, so fing das an mit den Streitereien, den Auseinandersetzungen, den Skandalen, bald wusste Cléber davon, der von fern anreiste, um diesem Unsinn ein Ende zu setzen, aber auf taube Ohren stieß, Unrecht, Unvernunft, in die Enge getrieben brüllte ihn sein Vater an, er sei auf Ratschläge nicht angewiesen, sei erfahren genug, seine Nase reinzustecken, wo es ihm passe, und noch dies und noch das, packte ein Bündel mit Sachen, stopfte es in eine Tasche und zog aus. Von nun an wachte nur noch das Flittchen über sein Tun – sogar eine Satellitenantenne kaufte er, ließ ihre Wohnung aufmöbeln, baute an; schamlos stellte sie ihn auch noch bloß und erzählte herum, er würde es im Bett nicht mehr bringen und deswegen bräuchte sie Hilfe von Freunden. Ein kalter Wind, als sie am Busbahnhof Tietê aus dem Bus stieg, alle Knochen taten ihr weh, Cassiana hatte sie ja gewarnt, aber trotz drei Pullovern und zwei Paar Socken musste sie zittern. Cléber erwartete sie, nahm sie in den Arm, entschuldigte sich verlegen dafür, dass Quitéria nicht mitgekommen war, Sie renoviert doch gerade ihren Salon, sie ist doch Friseurin, ein Kreuz mit den Handwerkern, Das verstehe ich, Junge, das verstehe ich, der Chevrolet Monza schlängelte sich durch endlose

Straßen, sie war ganz benommen, so viele Häuser, so viele Leute, so viele Autos, der graue Morgen. Hastig empfing sie die Schwiegertochter, Bleiben Sie lange?, Cléber war verlegen und winkte ab. Will euch nicht zur Last fallen, macht euch wegen mir keine Umstände, ich brauche nicht viel. Die Enkelin Michele, vierzehn, quirlig, Siehst du, Papa, ich muss gar nicht aus meinem Zimmer raus, sie schläft auch woanders, ich dachte, wir hätten das geklärt!, hatte er streng erwidert, Verdammt, Papa!, Pass auf, was du sagst, etwas mehr Respekt wenigstens vor deiner Großmutter!, So eine Nervensäge!, die Hose auf Halbmast verzog sich zum Heulen ins Bad. Bitte entschuldige, Mutter, die Jugend ... Das verstehe ich, mein Junge, das verstehe ich. Den übrigen Tag hatte sie unbeachtet verbracht, alleine, verschüchtert den Lastwagen zugesehen, die sich durch die enge Gasse zwängten, bereut, diese Einladung überhaupt angenommen zu haben, nun so wenig willkommen in diesem eiskalten Haus, hatte sich weit fort gewünscht, weit fort von dort. Abends erklärte Quitéria, dass sie niemals gemeinsam zu Abend aßen, nimm dir was aus dem Kühlschrank, mach dir ein Brot, Käse, Mortadella, Milch, Apfelsinen sind da ... Schüttelte das Bettlaken aus, Frau Juventina, verzeihen Sie, wenn ich ganz aufrichtig bin, wir sind die meiste Zeit nicht zu Hause, das Haus ist nicht groß, wir können uns nicht um Sie kümmern ... Ihre eigene Tochter, Verônica, wann kommt sie Sie holen? Die Stunden vergingen wie am Rosenkranz, abgestellt, abends, wenn sie hörte, dass der Sohn unten mit dem Auto kam, ging sie freudig die Treppe hinunter, aber es reichte kaum für eine Begrüßung, er war müde, musste morgens früh raus zur Arbeit, die Enkelin mit ihrem verschlossenen Gesicht, die aggressive Gleichgültigkeit des Enkels, sie bitten nicht einmal um meinen Segen, mein Gott!, Quitéria ließ sie jeden Augenblick spüren, wie sehr sie störte, und fragte, ob denn ihre Tochter sehr weit weg wohne, ja, aber morgen wollten sie bei ihr anrufen und sie gemeinsam besuchen, Nee!, ich komme auf keinen Fall mit!, maulte Michele, Ich auch nicht!, sekundierte Miltinho, Ich kann auch nicht, Cléber, morgen wird der Salon gestrichen, wenn da niemand dabei ist ... Dona Juventina legte ihre fleckige Hand auf die Schwielen des Sohns, Mach dir keine Umstände, ich kann auch den Bus nehmen ... Bus, Mutter?!, Das ist doch am anderen

Ende der Stadt! Verônica erklärte, Roque habe einen Job für sie beide besorgt, dieses Wochenende, in einem Lokal, und das müssten sie machen, es sei gerade nicht einfach, Caramba, Verônica, es ist unsere Mutter!, Bring sie doch Montag, Da muss ich arbeiten, warum kannst du sie nicht holen?, Autopapiere sind abgelaufen, Cléber, das können wir nicht, kann deine Frau das nicht machen? Verônica, du machst es gern kompliziert, was!, sie renoviert doch gerade ihren Salon, Ich weiß, sie tut nie etwas, nicht wahr?!, Jetzt fang nicht schon wieder damit an, Verônica!, Wir sind ihr peinlich, Ach was, Verônica, sie hat nur keine Zeit, sie muss arbeiten, Ach, ich etwa nicht?, sie kann uns nicht leiden, und deine Kinder auch nicht!, so hoch tragen sie ihre Nasen, Lass uns aufhören, Verônica!, Ja, besser so, sonst sagen wir uns noch ein paar Wahrheiten, Was denn für Wahrheiten, Verônica?, Natürlich weißt du nicht mehr, wie du hergekommen bist, mit leeren Händen, wer hat dich denn aufgenommen, damals? na?, wer?, Schon wieder die Leier, Verônica, das ist nicht fair, Ach, nicht fair?, du traust dich was. Ich sollte mehr Selbstvertrauen haben, ständig seid ihr knapp bei Kasse, seit ich euch kenne, dieselbe Geschichte, Ach leck mich am Arsch!, Immer dieselbe Geschichte, Leck mich am Arsch, Cléber! Deine Schwester macht es sich wieder mal einfach, Jetzt komm nicht auch du noch, Quitéria, um Himmels Willen! Mein Junge, tu mir den Gefallen, fahr mich zum Busbahnhof, ich will zurück nach Cataguases, Aber Mutter, auf gar keinen Fall!, Bitte ... Am Samstag hatten sie noch im Demarchi zu Mittag gegessen, Huhn mit Polenta, und als sie sich verabschiedet hatte, wanden sich alle, Quitéria hatte sogar noch die Frechheit zu fragen, Dona Juventina, Sie wollen schon abreisen?, so schnell! Sie hatte geschwiegen, zurückhaltend, angesichts der unverhohlenen Freude der Enkel, Michele ... Miltinho ..., und hatte das Bier angenommen, das ihr Sohn ihr gereicht hatte, erleichtert. Die Mückenspirale verglüht langsam, beleuchtet noch dürftig das Wasserglas mit dem Gebiss auf dem Stuhl. Sie steht noch einmal auf, tastet sich durch die Dunkelheit, reißt die Wohnzimmertür auf, Barão knurrt leise, sie schimpft, setzt sich auf die Treppe vor der Veranda, der Garten verdorrt, alles reglos, die Landschaft wie aus dem Apothekenkalender, ein warmer Hauch steigt vom Vorplatz auf, Schweiß tritt aus, ihr

Mann ausgemergelt, er kann einem leid tun, geht nicht mehr zum Essen aus, braucht Fußbäder, bevor er sich hinlegt, kann sich selbst nicht mehr zurechtmachen, selbst das Haar muss sie ihm kämmen, abgerissen, verlottert, am Ende, kein Tratsch kann ihn mehr aufmuntern, was einmal Neuigkeit war, ist heute die Stille der Alten und die Verachtung der anderen, nicht einmal Wut hat er mehr, alles verloren, Familie, Freunde, die Würde, immer mal wieder hat sie überlegt, ihn zu rufen, Komm, Alter, lass uns gemeinsam auf den Tod warten, einen Deckel drauf, auf die Abwege, er war doch im Grunde ein guter Mann, aber das hieße sich anlegen mit der Meinung der Kinder, der Nachbarn, die ihm nicht verziehen, vielleicht auch zu Recht, aber es tat ihr in der Seele weh, ihn so eingefallen zu sehen in den feuchten Ruinen dessen, was einmal die Gasse von Zé Pinto gewesen war, ohne Zähne, Not leidend, kein Geld, denn die Rente reicht nicht einmal für Medikamente, von denen er einige brauchte für die Wehwehchen des Alters, die Schlange, die ihn ausgesaugt hatte, vor Jahren, war weggezogen aus Paraíso, nach Granjaria, die feine Madame, manchmal erkannte sie sie noch im Bus, wenn sie durch Vila Teresa fuhr, ein zitterndes Häuflein, das sie alle vergessen hat. Schnaufend erhebt sie den störrischen Körper, geht ins Wohnzimmer, schließt die Türe zu, streichelt über den schwarzen Vorhang zwischen den Zimmern, schleppt sich ins Bad, setzt sich auf die Toilette, erleichtert sich, füllt in der Küche einen Becher mit Wasser, schleppt sich ins Zimmer, legt sich wieder hin. Und sich vorzustellen, dass Cassiana, aufreizend in ihre unanständigen Miniröcke gezwängt samstags und sonntags Haut und Knochen zum Tanz, rauchend und trinkend wie ein Große, erst spät wieder nach Hause kam, aufmüpfig, das Gerede der Leute, ausgerechnet sie, Cléber und Verônica neidisch, Nesthäkchen, meckerten sie, als sie noch auf dem Arm war, so hübsch und vor den Ungeheuern der Dunkelheit behütet, Milton hatte sie einmal zu Radio Cataguases geschleppt, wo sie gesungen und ganz genau auf die Fragen von Senhor Edegar de Souza geantwortet hatte, Eine Künstlerin dieses Mädchen, sprach live in der Sendung, der Vater wäre vor Stolz fast geplatzt, ausgerechnet sie, die Verrückte, rief Monat für Monat an und schickte Geld, jeden Monat, und zum Geburtstag und Weihnachten ein Geschenk mit der Post und tauchte jedes Jahr unverhofft auf, erst hatte sie noch mit ihren Extravaganzen gehadert, dann aber eingesehen, dass es ihr gut ging, so ausgeflippt. Ohne Ankündigung kam sie jedes Mal ganz euphorisch, Mein liebes Mütterlein, Zigarette zwischen den Fingern, mach uns mal Kaffee, blieb zwei, drei Tage lang, ruhelos, immer was Neues, Heute gehen wir mal essen im Azulão, Aber Tochter, schon machten sie sich für das edelste Churrasco-Lokal in der Stadt fein, Heute machen wir uns Geflügelsalat, schon war sie in der Küche, Heute machen wir einen Einkaufsbummel, schon verbrachten sie den ganzen Nachmittag in der Stadt. Und wenn sie wieder abreiste, lag in der Luft immer noch eine Spur Poison. Als das Jahrtausend zu Ende ging, klingelte um elf Uhr nachts das Telefon, ihr Herz polterte los, Da ist was passiert, lieber Gott, und am anderen Ende die Stimme von Donnerschlägen erstickt, Frohes Neues Jahr! Frohes Neues Jahr!, Aber Tochter, es ist doch noch gar nicht Mitternacht, Hier schon, Mutter, hier schon, Wo steckst du, um Himmels Willen?, New York!, Mutter, New York! Irgendwann nehme ich dich auch einmal mit ans Meer ... Irgendwann nehme ich dich auch einmal im Flugzeug mit ... Irgendwann musst du dir meine Wohnung in Brasilia anschauen ... Versprechungen ... Die Arme ... die sie womöglich nie würde einhalten können ... aber sie hatte Verständnis, Verständnis ... Und heiraten, Tochter? Heiraten?, ich?, so weit kommt es noch, Mutter ... Fürs Bett taugen die Männer vielleicht ... aber sonst, Also hör mal, Tochter!, und sie kicherte.

LUIZ RUFFATO

MAMA, ES GEHT MIR GUT

VORLÄUFIGE HÖLLE, BAND 1

Aus dem Portugiesischen von Michael Kegler

Schonungslos beschreibt Luiz Ruffato die Härte, die Entbehrungen und die Grausamkeit des Landlebens, das die Welt italienischer Einwandererfamilien im Hinterland der Berge von Minas Gerais in der ersten Hälfte des letzten Jahrhunderts prägt.

Das Buch bildet den Auftakt des Romanzyklus »Vorläufige Hölle«, mit dem Ruffato den Armen, den einfachen Leuten, den Migranten eine Stimme verleiht. Er hebt sie aus ihrer literarischen Vergessenheit und lässt so die Geschichte des brasilianischen Proletariats wieder auferstehen. Innere Monologe alternieren mit poetischen Passagen, mit Szenen von dramatischer Intensität. Unprätentiös, frei von Sozialromantik und auf höchstem literarischen Niveau. Ruffatos Saga des proletarischen Brasilien ist nüchtern, schmerzhaft und kompromisslos.

»Brasilianische Proletarier, Migranten, Farbige: Ihr Leben ist eine Hölle, die nicht enden will. Ruffato berührt die offenen Wunden der brasilianischen Geschichte, den Rassismus, die permanente Gewalt. Luiz Ruffato – ein moderner Dante.«

Ruthard Stäblein, Hessischer Rundfunk

ISBN 978-3-86241-421-5
160 Seiten | gebunden | 2. Auflage 2013
E-Book 978-3-86241-604-2

LUIZ RUFFATO
FEINDLICHE WELT

VORLÄUFIGE HÖLLE, BAND 2
Aus dem Portugiesischen von Michael Kegler

Zé Pintos Gasse, eines der Armenviertel der Textilindustriestadt Cataguases im Landesinneren Brasiliens, ist Dreh- und Angelpunkt dieses zweiten Teils des Romanzyklus »Vorläufige Hölle«. Sie ist Zwischenstation und vorübergehende Heimat derjenigen, die aus dem kargen, archaischen Leben auf dem Land in das Elend der Städte ziehen. Wohnstätte der Dienstboten und Industriearbeiter, Ausgangspunkt der nächsten Migration. Ziel der vergeblichen Rückkehr.

Mit geradezu körperlicher Empathie stellt Luiz Ruffatos Projekt einer Geschichte des brasilianischen Proletariats Individuen in den Vordergrund, die umgeben von einer großen und feindlichen Welt im Sog der Geschichte zu überleben versuchen.

»Die Unterschichtsaga ›Vorläufige Hölle‹ hat den 52-Jährigen endgültig zu einem der wichtigsten Vertreter der zeitgenössischen Literatur Brasiliens werden lassen.«

Victoria Eglau, dradio Büchermarkt

»Dieser Mann ist viel zu gut, um wahr zu sein. Luiz Ruffato ist der Erzähler der Stunde, dem wie keinem anderen zurzeit die glaubwürdige und aufregende Vereinigung von Form, Inhalt und Moral gelingt.«

Mathias Schnitzler, Berliner Zeitung

ISBN 978-3-86241-430-7
192 Seiten | gebunden | Deutsche Erstausgabe
E-Book 978-3-86241-605-9

LUIZ RUFFATO
ES WAREN VIELE PFERDE

Aus dem Portugiesischen von Michael Kegler

»Ein Revolutionär der brasilianischen Literatur, ein Weltliterat. Der vielleicht wichtigste brasilianische Roman der letzten Jahre. São Paulo, das ist der babylonische Wahnsinn.«

Mathias Schnitzler, Frankfurter Rundschau

Hotlist der zehn besten Bücher unabhängiger Verlage 2013.

ISBN 978-3-86241-455-0
160 Seiten | Taschenbuch | 4. Auflage
E-Book 978-3-86241-601-1

LUIZ RUFFATO
ICH WAR IN LISSABON UND DACHTE AN DICH

Aus dem Portugiesischen von Michael Kegler

»Luiz Ruffato ist ein großartiger Schelmenroman zum Thema Migration nach Europa gelungen: Temperamentvoll, einfühlsam und bei allem Ernst des Themas – höchst vergnüglich.«

Wera Reusch, WDR

Der Roman und seine »archetypische Hauptfigur« gehören zum »Basisinventar der Weltliteratur«.

Fabian Federl, Der Tagesspiegel

»Luiz Ruffato zeigt die Würde der Verdammten dieser Erde.«

Sabine Peters, Deutschlandfunk

ISBN 978-3-86241-444-4
96 Seiten | gebunden | 2. Auflage
E-Book 978-3-86241-614-1